W0473597

A Faint Cold Fear Thrills Through My Veins
William Shakespeare

Zu diesem Buch

Als eingefleischter Materialist glaubt der Schnüffler Carvalho aus Barcelona nicht an Gespenster. Aber zweifelsohne existieren Hirngespinste und Trugbilder, die Produkte der Phantasie. Insgeheim hat natürlich auch der verstockteste Materialist eine Vorliebe für das Über-Natürliche, das Über-Materielle. Mitunter können solche geheimen und im Unterbewußtsein verschütteten Leidenschaften den Detektiv in tiefe Seinskrisen stürzen.

Im ersten Fall hat sich Carvalho auf die Suche nach einer Anhalterin zu machen, die sich auf dem Rücksitz buchstäblich in Luft aufgelöst hat. Der Bruder des Auftraggebers hat den Detektiv eingeschaltet, aber die junge Frau scheint wie vom Erdboden verschluckt. Bei seinen Recherchen hat er sich mit einer Gruppe Nonnen, einem taxifahrenden Don Juan und, besonders unerfreulich für Carvalho, einem postmodernen Schreiberling auseinanderzusetzen.

Der zweite Fall führt ihn auf die Kanarischen Inseln, dort hat der Nebel einen Fischkutter verschwinden lassen. So scheint es jedenfalls. Carvalho indes bekommt es mit einer Horde japanischer Widerlinge zu tun, die er nur in altbewährter James-Bond-Manier ausschalten kann.

Fall Nummer drei stellt sich als besonders verworren heraus. Ein Hippie-Pärchen wird an der spanischen Küste tot aufgefunden. Offensichtlich handelt es sich um einen Ritualmord. Carvalho trifft auf einen Bekannten aus alten KP-Tagen, der verwandlungfähig nun seine dogmatischen Kräfte als Guru und Sektenführer einsetzt. Wer hätte gedacht, daß sich Carvalho jemals das Eintreffen der Guardia Civil so sehr herbeigewünscht hätte.

Der Lyriker, Romancier, Essayist und Journalist Vázquez Montalbán, Jahrgang 1939, gehört schon seit langer Zeit zu den profiliertesten spanischen Gegenwartsautoren. In der Reihe rororo thriller liegen vor: Carvalho und der tote Manager (Nr. 2680), Tahiti liegt bei Barcelona (Nr. 2698), Carvalho und der Mord im Zentralkomitee (Nr. 2717), Carvalho und die tätowierte Leiche (Nr. 2732), Die Vögel von Bangkok (Nr. 2772), Die Rose von Alexandria (Nr. 2816), Manche gehen baden (Nr. 2834), Lauras Asche (Nr. 2882), Ich tötete Kennedy (Nr. 2893), Zur Wahrheit durch Mord (Nr. 2930), Schuß aus dem Hinterhalt (Nr. 2955) und Zweikampf (Nr. 2909).

Manuel Vázquez Montalbán

Der fliegende Spanier

Drei Carvalho-Stories

Aus dem Spanischen von
Bernhard Straub

rororo
Rowohlt

rororo thriller
Herausgegeben von Bernd Jost

Deutsche Erstausgabe
Veröffentlicht im Rowohlt Taschenbuch Verlag GmbH,
Reinbek bei Hamburg, Februar 1991
Copyright © 1991 by Rowohlt Taschenbuch Verlag GmbH,
Reinbek bei Hamburg
Die Originalausgabe erschien 1987 unter dem Titel «Historias de fantasmas» in der Serie Carvalho bei Editorial Planeta, Barcelona
Copyright © Manuel Vázquez Montalbán, 1986
Redaktion Peter M. Hetzel
Umschlagfoto Thomas Henning
Umschlagtypographie Peter Wippermann/Nina Rothfos
Satz Sabon (Linotronic 500)
Gesamtherstellung Clausen & Bosse, Leck
Printed in Germany
780-ISBN 3 499 42923 3

Inhalt

Vorwort

Ein Materialist hat nicht die mindeste intellektuelle Berechtigung dazu, die Existenz von Gespenstern anzuerkennen. Daher erkläre ich ein für allemal feierlich, daß ich, trotz der Zweideutigkeit einiger der folgenden Geschichten, nicht an die Existenz von Gespenstern im engeren Sinne des Wortes glaube. Gespenster, die in Köpfen herumspuken, die gibt es wirklich.

Aber wie man dem standhaftesten Tugendhaften einen heimlichen, verdrängten Hang zum Laster nachsagt, so bleibt auch dem eingefleischtesten Materialisten eine nicht weniger heimliche, unterdrückte Neigung zum Übernatürlichen, Nicht-Materiellen. Bei den drei Geschichten ließ ich mich gelegentlich von dieser geheimen Neigung leiten, wofür ich Sozial- und Naturwissenschaftler aller Art um Verzeihung bitte. Daher der doppeldeutige Schluß der «Unbekannten Reisenden ohne Papiere», einer Novelle, die auf einer Nebenhandlung eines umfangreicheren Romans der Carvalho-Reihe basiert. Das Motiv der gespenstischen Anhalterin, die verschwindet, nachdem sie dazu beigetragen hat, den Insassen das Leben zu retten, gehört in die Tradition der mündlichen Legenden und wurde immer wieder erneuert und dem technologischen Fortschritt angepaßt. Im Augenblick ist sie beim Automobil angelangt. Aber jeder postmoderne Romanautor hat das Recht, dieses Thema beispielsweise im Rahmen eines intergalaktischen Krieges abzuhandeln.

In «Der fliegende Spanier» steht die alte Geschichte von dem untergegangenen Schiff, das zur lehrreichen, gespenstischen Erscheinung geworden ist, in dem größeren Zusammenhang eines besonders brisanten, aktuellen Themas der spanischen Gegenwart: des Kampfes um das Fischereirecht, anscheinend eines der am schwierigsten zu garantierenden Rechte in einer Zeit, in der Spanien versucht, seine Rechtsnormen dem internationalen Standard anzugleichen.

«Pablo und Virginia» ist eine vorgetäuschte Gespenstergeschichte mit Personen, die etwas zu sein vorgeben, was sie nicht sind. Der Titel ist eine Hommage an die gleichnamige Erzählung von Saint-Pierre, ein Grundstein der romantischen Erzählungen; sie hat aber mit der entsprechenden Ästhetik wenig zu tun. Es ist eine Erzählung von falschen Aussteigern, Schmugglern, Guardia Civil und Ziegen inmitten einer mediterranen Küstenlandschaft in der Gegend um Jávea.

Vielleicht findet der Leser in der Handlung der Geschichte die eine oder andere Gemeinsamkeit mit der beklagenswerten Fernsehserie, die der Gestalt Carvalho untergeschoben wurde und einen der heimtückischsten literarischen Mordanschläge der letzten zweitausend Jahre darstellt. Jenen Leser bitte ich nachdrücklich, er möge vom Vergleich zur Analyse übergehen, sich vor Nachahmungen hüten und, was Carvalho betrifft, stets auf das Gütesiegel achten.

M. Vázquez Montalbán

Eine unbekannte Reisende ohne Papiere

Innerhalb weniger Jahre haben die Spanier die Physiognomie des Wahlrituals als Verhaltensmuster verinnerlicht. Man braucht nur von Ferne Lautsprechergeplärre zu hören oder einen Fetzen aus Stoff oder Papier im Wind flattern zu sehen – schon denkt jeder, es sei wieder Wahlkampf, und sein Geist nimmt die klassische demokratische Grundstellung der Gespaltenheit ein: Er nimmt sich vor, die Ware abzulehnen, jede Art von Ware, weiß aber im Grunde genau, daß er nicht umhin kann, irgendeine doch anzukreuzen. Anfangs, nach dem Untergang der Diktatur, feierte man die Wahlvorbereitungen wie ein exotisches Fest, wie damals die Bewohner der europäischen Städte die ersten Exemplare von Menschen und Gegenständen aus der Neuen Welt. Die Demokratie war wie die Ankunft des Großen Russischen Zirkus, mit der bärtigen Frau, dem Seiltänzer, dem Feuerschlucker, der geflügelten Amazone auf ihrem weißen Pferd, den Trapezkünstlern, dem Eisbären, dem bengalischen Tiger und den Clowns. Aber mit der Zeit wiederholten sich fast alle ihrer Gesten und Überraschungseffekte und wurden Teil der überkommenen Rituale. Daher fühlten sich die Einwohner von Torretes del Vallés von der Aufforderung der Autolautsprecher nicht übermäßig angesprochen, die den ganzen Tag durch ihre Straßen fuhren und die abendliche Wahlkundgebung mit Martí Capdevila vom Regionalkomitee der PSUC* ankündigten. Jetzt folgen sie nicht eben zahlreich den Ausführungen des Redners, der sie überzeugen will, daß der sterbende Kapitalismus sie mit in den Tod reißen werde, zumindest in den Hungertod, und daß das Ende des patronalen Staates den Beginn einer langen, aber irreversiblen Krise bedeute, bei der die Arbeiterklasse und die Mittelklassen die Wahl zwischen zwei Rollen hätten: Opfer oder Helden. Über dem angestrahlten Haupt des Redners flattern Transparente in katalanischer und spanischer Sprache; allerdings war es wegen der zu erwartenden sozialen Zusammensetzung des Publikums ratsam erschienen, die spanischen Parolen dominieren zu lassen. «Arbeiter, wählt die klassenbewußte Gewerkschaft!» oder «Gegen die Kapitalflucht!» oder «Gegen Arbeitslosigkeit!» Vor den Transparenten die Silhouetten des jungen Redners, der, mitgerissen von der Dynamik der Ideen, mit überzeugungskräftigen Gesten spricht.

«...und diese Politik ist verbrecherisch, weil sie die Arbeiter zu Hunger und menschenunwürdigen Lebensbedingungen zwingt. Wir leben in einem System, in dem Investitionen lebensnotwendig sind, damit wir alle überleben können. Wenn sie nichts investieren, werden wir uns nicht mit dem Tod abfinden, als wären wir ein Indianerstamm...»

«Die Cheyennes!» ruft einer aus dem Publikum. Gelächter, eine wohlwollende Redepause.

«Cheyennes oder Sioux, das kann sich jeder aussuchen... aber im Fernsehen oder im Kino, nicht im alltäglichen Leben. Ich wiederhole: Wenn sie das kapitalistische System nicht einmal selbst respektieren, werden wir dieses System ändern müssen...»

Applaus und Beifallsrufe aus dem Publikum, das ebenso spärlich wie das Dorf klein ist, was offenbar wird, als die Redner von der Tribüne heruntersteigen, Hände schütteln und Fragen beantworten. Der Mann, der als letzter geredet hat, sucht eine be-

* Partit Socialist Unificat de Catalunya (Vereinigte Sozialistische Partei Kataloniens)

stimmte Person, entdeckt schließlich die junge Frau und zwinkert ihr komplizenhaft zu. Die Grüppchen zerstreuen sich allmählich, und der Redner geht mit der Frau zu seinem Auto. Es ist Nacht, der Mann strahlt eine gewisse Entspanntheit aus, wie nach einer überstandenen Prüfung, und steuert vergnügt auf die Landstraße zu.

«Essen wir unterwegs etwas, oder warten wir, bis wir zu Hause sind?»

«Um diese Zeit warten wir besser. Entweder essen wir zu Hause oder irgendwo in einem Lokal, aber in Barcelona.»

Der Wagen fährt in die Nacht hinein, und plötzlich taucht in der Ferne die Gestalt einer Anhalterin auf, die immer deutlicher wird, je mehr sich der Wagen ihr nähert.

«Soll ich sie mitnehmen?»

«Wie du willst!»

«Und wenn es eine Falle ist?»

«Willst du dir wirklich von dieser Kampagne der Rechten über die Unsicherheit auf den Straßen angst machen lassen?»

«Auf deine Verantwortung.»

Der Mann bremst und dreht sich kaum um, als die junge Frau einsteigt und sich bedankt. Undeutlich hat er gesehen, daß sie blond ist und jung, und er versucht, ihre Züge im Rückspiegel genauer zu betrachten. Aber die junge Frau bleibt im Halbdunkel des Fonds verborgen.

«Wollen Sie nach Barcelona?»

«Ja.»

«Ich auch. Würde es Ihnen etwas ausmachen, mich dorthin mitzunehmen?»

«Absolut nicht.»

Die Bäume fliegen vorbei, als wollten sie dem Lichtkegel der Scheinwerfer entfliehen. Plötzlich sagt die Frau:

«Passen Sie auf! Bremsen Sie! Gleich kommt die Todeskurve.»

Der Mann runzelt die Stirn, sieht sich aber tatsächlich gezwungen zu bremsen und sehr vorsichtig durch die gefährliche Kurve zu fahren, in der die Räder wegrutschen. Als sie vorbei ist, bemerkt er:

«Sie haben recht! Die Kurve hat es in sich! Zum Glück haben Sie mich vorgewarnt. Danke.»

Lächelnd dreht er sich um, und sein Gesicht zeigt schlagartig die ganze Verblüffung dieser Welt. Auf dem Rücksitz ist niemand mehr.

«Neus», sagt er mit ernster Stimme.

«Was ist?» antwortet seine Begleiterin erstaunt.

«Das Mädchen ist aus dem Auto gefallen.»

«Welches Mädchen?»

«Na, das, was wir mitgenommen haben.»

Er bremst und hält an. Neus hat sich umgedreht und schaut erstaunt auf den leeren Rücksitz. Der Wagen fährt bis zu der Kurve zurück. Er hält an. Sie steigen aus. Sie suchen im von den Scheinwerfern angestrahlten Gebüsch. Nichts. Niemand. Das Paar schaut sich an, zwischen Panik und Halluzination.

Die beiden brauchen zwei Gläser heißen Kognak, um über das reden zu können, was sie gesehen und nicht gesehen haben.

«Ich hab doch keine Gespenster gesehen, oder?»

«Wenn du welche gesehen hast, dann habe ich auch welche gesehen.»

«Wir sind doch nicht beide verrückt!»

«Nein.»

«Bleibt uns nichts anderes übrig, als es der Guardia Civil zu melden.»

Sie fahren zu der kleinen Wache der Guardia Civil, halten an und lassen den Motor laufen, während sie ihren Gedanken nachhängen.

«Mir wird immer noch jedesmal ganz anders, wenn ich da reingehen muß. Ich erinnere mich noch genau an die Prügel, die ich von ihnen gekriegt habe.»

«Jetzt stehen sie auf dem Boden der Verfassung.»

«Auch wenn der Wolf einen Schafspelz anzieht...»

Sie wappnen sich mit moralischer Stärke und demokratischen Grundwerten und gehen vorsichtig, aber entschlossen auf dem

Kopfsteinpflaster zwischen den beiden Wachhäuschen durch. Über der Einfahrt prangt die Devise «Alles für das Vaterland». Die Schwierigkeiten beginnen, als sie einem der Wachposten erklären müssen, warum sie den Sargento sprechen wollen.

«Sehen Sie, es handelt sich um eine Vermißtenanzeige. Eine Person ist verschwunden, die bei uns im Auto mitfuhr. Nein, keine Familienangehörige, auch keine Freundin. Ein Mädchen, das per Anhalter unterwegs war.»

«Soviel Wirbel wegen einer Anhalterin? Die steigen ein und verschwinden, ohne sich zu verabschieden.»

«Aber sie ist verschwunden, ohne auszusteigen.»

«Ohne auszusteigen...»

Der Posten braucht eine ganze Weile, bis ihm die Bedeutung der Worte klar ist, die er selbst gerade wiederholt hat, und als er endlich begriffen hat, mustert er sie, als hätte er zwei Witzbolde vor sich, oder zwei jämmerliche Kreaturen, die ihr Leben zwischen Schnapsflaschen und Rauschgift fristen. Aber sie sehen weder nach dem einen noch nach dem andern aus, und er verläßt angesichts übergeordneter Beweggründe seinen Posten und zeigt ihnen den Weg zum Büro des Sargento. Erschrocken über die Schwierigkeit, seinen Standpunkt glaubhaft zu machen, wählt Martí Capdevila andere Worte, um zum Thema zu kommen.

«Mein Name ist Martí Capdevila, und ich komme, um eine Anzeige zu erstatten.»

«Sie sind der von der Versammlung?»

«Jawohl.»

«Ich habe Sie gesehen und gehört. Nun gut. Was kann ich für Sie tun?»

Der Sargento wirft einen argwöhnischen Seitenblick auf die Wanduhr, neben der ein Bild von Juan Carlos hängt.

«Tja, eine unglaubliche Geschichte... Ein Glück, daß ich nicht alleine fuhr, sondern mit meiner Freun... also mit meiner Frau. Es war kurz vor dieser scharfen Kurve...»

«Ach, die Kurve.»

Eine gewisse Resignation liegt in der Stimme des Sargento.

«Ja, die Kurve.»

«Die Todeskurve. Und ein Mädchen ist per Anhalter mit Ihnen gefahren.»

«Stimmt.»

«Eine Blonde.»

«Ich glaube, ja.»

«Jawohl», bestätigt Neus, die hinter ihrem Freund sitzt.

«Sie haben auf sie gehört und gebremst. Und als Sie sich umgedreht haben, um sich zu bedanken, war sie verschwunden.»

«Genau so war es. Worum geht es? Um einen ortsüblichen Scherz? Oder eine Jahrmarktsnummer?»

Der Sargento wird ernst. Er öffnet eine Schublade und zeigt dem Mann einen Stapel Akten.

«Die ist voll von Geschichten wie der Ihren. Sieben Stück! Immer dieselbe junge Frau. Derselbe Ablauf. Und der Witz dabei ist, daß die beschriebene Frau gar keinem erscheinen kann. Das ist unmöglich.»

«Wieso?»

«Weil sie tot ist. Sie war gerade frisch verheiratet, als sie bei einem Unfall ums Leben kam, genau in der Todeskurve. Heute wächst schon eine ganze Malvenplantage über ihr. Trotzdem vergeht kein Monat, ohne daß jemand kommt, der sie als Anhalterin mitgenommen hat und bla bla bla. Immer dasselbe.»

«Hat man denn eine rationale Erklärung gefunden?»

«Suggestion. Alles Suggestion. Sicherlich haben Sie die Geschichte schon einmal gehört, und heute haben Sie sie sich einfach vorgestellt. Ein Tag wie heute, etwas bewölkt und feucht, ist ein Tag für Gespenster und Hexen, wie wir bei uns zu Hause sagen. Wenn ich ein Zivilgardist aus dem Süden wäre, würde ich es vielleicht nicht verstehen, aber ich bin aus Galicien, und wir Galicier kennen uns mit Hexen aus, das kann ich Ihnen sagen! Also, trinken Sie einen, legen Sie sich ins Bett, und morgen sieht die Welt ganz anders aus!»

«Aber ich war nicht allein; ich fuhr mit Neus, meiner Freun... meiner Frau, und sie hat dasselbe gesehen wie ich!»

«Gut aufeinander eingespielt!»

«Hören Sie, Sargento, ich habe Augen im Kopf, und ich glaube nicht an Gespenster!»

«Niemand glaubt an Gespenster, meine Dame, aber es gibt viele, die sich welche einbilden. Ich nehme Ihre Anzeige auf und leite sie an die vorgesetzte Behörde weiter, damit die sehen, wie interessant die Arbeit hier ist. Ein halbes Stündchen Maschineschreiben und fertig.»

«Lassen Sie's sein! Das ist absurd. Ich wüßte selbst nicht, wie ich es erklären sollte.»

«Sehen Sie!»

Der Sargento breitet die Arme aus, wie um die ganze Unermeßlichkeit dieser Absurdität zu umfassen, und erhebt sich, um sie zur Tür zu bringen.

«Sie waren gut auf der Versammlung. Hart, aber ruhig. Genau so muß man es anstellen, damit die Leute nicht über die Stränge schlagen.»

«Jammerschade, daß Sie nicht bei den *Comisiones Obreras* organisiert sind! Ich bin sichr, wir würden Ihre Stimme bekommen.»

«Die Guardia Civil ist weder bei den *Comisiones Obreras* noch bei der UGT noch bei irgendeiner sonstigen politischen oder gewerkschaftlichen Organisation. Die Guardia Civil ist für ganz Spanien da, Spa-ni-en! Das heißt, für uns alle. Viel Glück jedenfalls, und nehmen Sie in Zukunft keine Anhalterinnen mehr mit! Sie könnten eines Tages Scherereien kriegen, die nichts mit Gespenstern zu tun haben.»

Biscuter kommt mit einem dampfenden Topf aus seiner Kochecke und stellt ihn vor Carvalho auf den Tisch.

«Eine Gemüseterrine, Chef, nach der Sie sich alle zehn Finger lecken werden!»

«Was für Gemüse?»

«Kartoffeln, Tomaten, Paprika und Zucchini, mit Schweinehack gefüllt und mit Muskatnuß abgeschmeckt. Wie finden Sie das?»

«Vielversprechend.»

Carvalho steckt die Nase in den Topf, muß sie aber sofort wieder herausziehen, weil jemand ins Büro gekommen ist.

«Die Tür war offen.»

«Das ist sie immer noch, weshalb ich Sie bitten möchte, sie zu schließen, falls Sie nicht noch jemanden erwarten.»

«Nein, ich komme allein. Aber ich störe anscheinend.»

«Aber nein, nicht doch! Ich esse, was mein Assistent Biscuter gekocht hat, und Sie auch, wenn Sie mögen!»

«Um diese Tageszeit?»

«Wenn Sie in England wären, würden Sie um diese Tageszeit eine Portion Eier mit Schinken hinunterschlingen, dann dieses entsetzlich mumifizierte Getreide mit Milch, Fruchtsaft und Tee mit Milch. Was hindert Sie, dasselbe mit gefüllten Tomaten mit Muskat zu tun?»

«Wenn man es so sieht...»

«Genau. Es ist alles eine Frage der Betrachtungsweise.»

Biscuter ist mit Carvalhos Gedankengang sehr zufrieden und verfolgt aufmerksam, wie er sich auftut und probiert.

«Gut. Sehr gut. Nimm dir! Ich muß mit diesem Herrn reden.»

Biscuter nimmt sich und geht. Carvalho wendet seine Aufmerksamkeit von dem Gericht ab und seinem Besucher zu, um ihn aufzufordern, Platz zu nehmen. Er kaut genüßlich und wartet, daß der Mann das Gespräch eröffnet. Dem Besucher ist es peinlich, mit dem Gespräch anzufangen, während Carvalho ißt, aber schließlich gibt er sich doch einen Ruck.

«Glauben Sie an Erscheinungen?»

«Das kommt auf die Jungfrau an.»

«Welche Jungfrau?»

«Es kommt darauf an, welche erschienen ist. Ich bin da sehr eigen. Ich glaube zum Beispiel an die von Lourdes, weigere mich aber strikt, an die von Fátima zu glauben.»

«Das meinte ich nicht. Ich rede von Toten, die wiederkommen.»

«Mit Politik will ich nichts zu tun haben.»

«Mein Bruder ist Politiker, ein Linker. Und ihm ist ein Toter erschienen, besser gesagt, eine Tote.»

«Ich muß Sie darauf aufmerksam machen, daß ich Ihnen dieses Gespräch in Rechnung stellen werde.»

«Darauf bin ich gefaßt.»

«Dann fahren Sie fort.»

«Es begann alles vor drei Wochen. Mein Bruder sprach auf einer Wahlveranstaltung; seine Frau begleitete ihn, und als sie zurückfuhren, war es Nacht. Mitten auf der Landstraße...»

Carvalho hört sich die Geschichte an, stellt sie sich vor, zieht sie in Zweifel und ironisiert sie.

«Nach allem, was Sie erzählen, muß es die Jungfrau von Fátima gewesen sein, die per Autostop nach Rom wollte.»

«Alle Witze, die Sie machen können, habe ich auch schon gemacht.»

«Zum Teufel mit diesen Heiligen! Plötzlich ist ihnen danach, sich modern zu geben. Früher flogen sie auf Engelsflügeln oder, als Reaktion darauf, mit technologischen Mitteln, die göttliches Geheimnis waren oder sind. Aber jetzt ist ihnen nach Säkularisierung zumute, und sie stellen sich als Anhalter an die Straße!»

Der andere nickt, ohne sein Lächeln zu verlieren.

«Sind Sie fertig mit Ihren Sprüchen?»

«Ich habe nur laut gedacht.»

«Also, das Problem existiert trotzdem, und gerade weil wir der Ansicht sind, daß es eine rationale Erklärung geben muß, wenden wir uns an Sie!»

«Im Ernst?»

«Ja. Die Sache wird immer dramatischer. Anfangs verkraftete meine Schwägerin das Geschehene besser, aber jetzt ist sie schlechter dran als mein Bruder. Das macht mir angst. Angst um ihren Verstand. Die beiden haben nicht geträumt. Sie haben das gesehen, was sie erzählt haben. Wenn es anders gewesen wäre, hätte es sie nicht so mitgenommen. Und wenn sie etwas gesehen haben, dann heißt das, daß da auch etwas war.»

«Sie sollten es als ‹Ufo› abhaken, glauben Sie mir! Unbekanntes Flugobjekt, und lassen Sie sich deshalb keine grauen Haare wachsen! Sie werfen Ihr Geld zum Fenster hinaus.»

«Das ist unsere Sache.»

«Wie Sie wollen.»

Nachdem sie den nächsten Termin vereinbart haben, findet er endlich Zeit, um sich Biscuters Essen schmecken zu lassen. Der häßliche Zwerg kommt aus seinem Kochtopfexil zurück.

«Du hast gelauscht, stimmt's?»

«Ja, Chef.»

«Und?»

«Mir ist die Spucke weggeblieben, Chef, das schwöre ich Ihnen!»

Neus sitzt teilnahmslos da, starrt auf ihre Hände oder versucht, sich auf einen Punkt des Zimmers zu konzentrieren. In der Wohnung des jungen Paares ersetzen riesige Sitzpolster die teure Einrichtung, und statt Ölgemälden und Lithographien rufen Poster zu Solidarität mit Nicaragua, der PLO und den Anti-NATO-Komitees auf. Martí stopft sich gemächlich die Pfeife und zündet sie an, als interessiere ihn die Anwesenheit seines Bruders und Carvalhos nicht.

«Alles, was es zu erzählen gibt, habe ich bereits erzählt.»

«Aber Martí, es kann nicht so gewesen sein, wie du sagst! Streng dich an! Es lag eine gewisse Zeit zwischen dem Ende der Kurve und dem Verschwinden des Mädchens. Als du gebremst hast... Bestimmt ist der Wagen zum Stehen gekommen, als du gebremst hast, und das hat sie ausgenutzt, um zu verschwinden.»

«Und die anderen Geschichten? Die anderen Leute, die sie gesehen haben? Und Neus? Ist sie zu ihrem Vergnügen so? Neus, los, sag ihnen, daß du nur aus einer Laune heraus so melancholisch bist! Wie sah das Mädchen aus, Neus?»

«Blond und sehr hübsch.»

Neus taucht kurz aus ihrem Dämmerzustand auf und versinkt wieder darin.

«Habt ihr's gehört? Und Neus ist genauso vernünftig wie ich und ihr.»

«Lassen Sie mich aus dem Spiel! Ich bin Profi, und wirklich mysteriöse Dinge beginnen für mich erst von der Dreifaltigkeit an aufwärts.»

«Einer mehr im Klub der Skeptiker. Und was ist mit den andern Leuten, die sie gesehen haben?»

Carvalho hat einen Notizzettel aus der Jackentasche gezogen.

«Da sind sie. Sieben. In Wirklichkeit ist jeder einzelne ein Fall für sich. Aber alle haben versichert, daß die Geisterfrau bei ihnen ins Auto stieg und so weiter. Ich werde sie besuchen, einen nach dem andern. Ich werde mir ihre Geschichte erzählen lassen, eine nach der andern. An Geduld fehlt es mir nicht, mein Freund, aber bevor ich aktiv werde, möchte ich Ihnen zwei Dinge ganz klarmachen. Es kann sein, daß es mir gelingt, die Sache rational aufzuklären, muß aber nicht. Und zwar nicht, weil ich an Gespenster glaube, sondern weil ich langjährige Untersuchungserfahrung habe. Manchmal findet man schon Menschen aus Fleisch und Blut nicht. Und Gespenster noch weniger. Also keine Beschwerden hinterher!»

«Keiner wird sich bei Ihnen beschweren.»

«Lassen Sie mich jetzt mit ihr allein!»

Die beiden Männer zögern, doch schließlich geben sie sich einen Ruck und verlassen das Zimmer. Carvalho achtet das gedankenverlorene Schweigen der Frau. Er steht auf, geht zum Fenster und blickt hinaus auf den Platz, den die Demokratie für die Stadt der Parkhäuser und Kongresse wieder in Besitz genommen hat. Vom Fenster aus spricht er sie an.

«Neus!»

«Ja.»

«Wie sah die Anhalterin aus?»

«Blond und sehr hübsch.»

«Martí sagt, du hättest sie kaum gesehen.»

«Männer bekommen weniger mit. Sie brauchen länger, um Details wahrzunehmen.»

Carvalho wendet ihr das Gesicht zu und reicht ihr ein Foto.

«War sie es?»

«Ja.»

Eine welke, melancholische Schönheit; eine Blondine ohne Lebensfreude, aber bildhübsch.

«Dieses Foto stammt aus einer Zeitschrift, in der über den Unfall berichtet wurde, bei dem sie ums Leben kam. Es ist das Foto einer Toten.»

«Ja.»

«Und trotzdem bleibst du dabei, daß das die junge Frau ist, die ihr mitgenommen habt?»

«Sie sah anders aus, nicht ganz so.»

«Was willst du damit sagen?»

«Sie sah müder aus, sehr müde.»

Ein Restaurant an der Landstraße. Lastwagen und Pkws, Betrieb am Tresen, Gedränge. Eine billige Freßfabrik mit ganz akzeptablen Gerüchen.

«Schnell, eine Portion weiße Bohnen mit Chorizo!»

«Zweimal Lendchen mit Kartoffeln!»

«Zweimal Reis *à la cubana* und zwei Portionen Kaninchen mit Aioli!»

Fernfahrer im Halbschlaf, verdauungsmüde, sozusagen auf die Kippe gestützt, die aus ihrem Mundwinkel hängt. Geschäftsreisende, vom geschniegelten Kurzwarenvertreter bis zu nachlässig gekleideten Männern, die Mischfutter und Möbelfirnis ausliefern. Carvalho tritt an einen Tisch.

«Jaime Vila?»

«Seit meiner Geburt. Steht mein Wagen im Weg?»

«Ich muß mit Ihnen reden.»

Er nimmt Jaime Vila beiseite, so wie er ist, mit Schlips und Krawattennadel, Schnurrbärtchen und etwas längerem Haar – vielleicht um die zu großen Ohren zu verdecken oder seiner Ähnlichkeit mit einer Schaufensterpuppe aus dem «Corte Inglés» doch noch eine Spur von Modebewußtsein zu verleihen.

«Es geht um die Erscheinung auf der Landstraße.»

«Ist das immer noch nicht vom Tisch?»

«Ich bin Privatdetektiv und habe Auftraggeber, die diese Geschichte halb verrückt macht.»

«Trinken Sie einen Kaffe mit Schuß? Ohne bin ich zu nichts zu gebrauchen. Daniel, zwei Kaffee mit Schuß! Für mich mit Chinchón, und für Sie?»

«Mit *orujo* *!»

«Donnerwetter! Solche Männer sind nach meinem Geschmack! Für mich ist die Sache mit der Erscheinung Schnee von gestern.»

Mit einem Finger spielt er mit der Flüssigkeitsspur, die auf der Theke zurückgeblieben ist, und es sieht aus, als zeichne er eine kurvenreiche Landstraße. Plötzlich taucht er aus seiner Versunkenheit auf und sieht Carvalho ins Gesicht.

«Heute weiß ich nicht mehr, ob das alles wirklich passiert ist.»

«Aber Sie haben es doch bei der Guardia Civil zu Protokoll gegeben.»

«Damals glaubte ich daran, das stimmt, aber später... Hören Sie, ich bin ein praktisch denkender Mensch. Ich lebe vom Verkaufen, und mit dem Gerede über die Erscheinung habe ich jede Menge Aufträge an Land gezogen. Könnte ich es mir nicht einfach ausgedacht haben?»

«Laut Protokoll standen Sie unter Schock.»

Er lächelt etwas traurig.

«Schock, das stimmt. Und da hält man sich für abgebrüht, nachdem man einmal beim Militär gewesen ist. Waren Sie beim Militär?»

«Fünf- oder sechsmal.»

«Wieso? Hat Ihnen das eine Mal nicht gereicht?»

«Ich konnte den Unteroffizier so gut leiden!»

«Mir ging's mit einer Mauleselin genauso!»

Der Vertreter lacht so herzhaft über seinen eigenen Scherz, daß sich Gäste in der Nähe nach ihm umdrehen.

«Im Ernst. Ich weiß selbst nicht mehr genau, ob das passiert

* Tresterschnaps

ist oder nicht. Als ich die Aussage unterschrieb, wäre ich noch bereit gewesen, mir eine Hand abhacken zu lassen, bloß damit man mir glaubt, daß ich es wirklich gesehen habe. Aber das ist lange her.»

«Nach meinen Unterlagen elf Monate. Das ist sehr kurz.»

«Elf Monate! Für mich ist das ein Leben lang.»

Philosophen fand er allgemein zum Kotzen, besonders aber diese Landstraßenphilosophen, und ganz besonders störte ihn, daß dieser Vertreter nicht zu seiner Träumerei stehen wollte. Mißbilligend schnalzte er mit der Zunge.

«Eine üble Sache, wenn man sich Steine aufs eigene Dach wirft. Sie haben wohl oft angegeben mit dem, was Sie erlebten, und wenn Sie es jetzt abstreiten, wird man Sie auch einen Angeber nennen.»

«Die können denken, was sie wollen.»

Mit ernster Miene faßte er Carvalho am Arm.

«Ich wäre damals um ein Haar verrückt geworden, und keiner hat mir geholfen. Ich gab ein Gratisspektakel ab, und von den andern kam nur Spott und Hohn.»

«Aber Sie haben etwas gesehen, was die anderen nicht gesehen haben. Ihr Fall ist einzigartig!»

«Ich verstehe Sie nicht ganz, aber Sie wollen mir wohl sagen, daß mein Fall über das Normale hinausgeht.»

«So ist es.»

«Ich pfeife drauf. Ich bin ein ganz normaler Mensch. Ich will weder König werden noch Astronaut. Ich will bloß ein paar Aufträge hereinholen und es mir einigermaßen gut gehen lassen. Rechnen Sie nicht auf mich, wenn Sie Geister zum Leben erwekken wollen!»

Die alte Frau, die ihm die Tür öffnet, ist noch älter als die, die sie hinter ihm schließt. Die beiden greisen Wächterinnen begleiten ihn durch einen langen, teppichbelegten Flur mit Miniaturbildern an den Wänden, Bildern mit Trockenblumen und *Caprichos* von Goya, die bedrohlich im Halbdunkel hängen. Das Wohnzimmer, das sie betreten, ist so überladen, daß eine etwas jüngere Alte darin kaum Platz findet; sie sitzt, in eine Stola gehüllt, an einem runden Klapptisch mit Kohlebecken. Die Obergreisin hebt zweimal energisch den Kopf, und die beiden Schattengestalten überlassen Carvalho seinem Schicksal.

«Sind das Ihre Sekretärinnen?»

«Es sind meine ledigen Schwägerinnen.»

«Sind Sie die Witwe Botanch?»

«Witwa, ja, das haben Sie gut gesagt; sehr verwitwet. Wenn ich nicht verwitwet wäre, dann wäre nicht geschehen, was geschehen ist!»

Etwas im Aussehen von Doña Elvira Vilarana de Botanch macht Carvalho stutzig. Endlich hat er es entdeckt. Das Toupet der alten Dame sitzt schief, und ein Bild über ihrem Kopf hängt genauso schief. Carvalho steht auf, um das luxuriöse Bild in diesem Luxuswohnzimmer dieser Luxuswohnung über dem alten Familiengeschäft der Vilaranas geradezurücken.

«Als mein Vater starb, hinterließ er mir das Geschäft, wissen Sie, und mein Mann, der bis dahin Laufbursche gewesen war, blieb da, und wir heirateten. Der Ärmste starb vor zwei Jahren, am Tag vor San José, dabei hieß er selbst José, der Ärmste. Immer witzig, das war er...»

«Warum sagen Sie, daß das mit der Landstraße nicht passiert wäre, wenn er noch gelebt hätte?»

«Weil diese Weibsbilder sich keine Frechheiten herausnehmen, wenn sie an einen gestandenen Mann geraten.»

«Eine Frechheit also.»

«Sicher.»

«Das Mädchen stieg in den Wagen, warnte Sie vor der Kurve, und als Sie sich bedanken wollten, bemerkten Sie, daß sie nicht da war. Ist das eine Frechheit?»

«Es zeugt von sehr schlechter Kinderstube, wenn man geht, ohne einen Ton zu sagen.»

«Sie meinen, übernatürliche Wesen dürfen nicht verschwinden, ohne sich zu verabschieden?»

«Hören Sie mal, junger Mann, eigentlich dürfte es überhaupt

keine Erscheinungen geben. Schon gar nicht um diese Uhrzeit! Ich weiß wirklich nicht, warum ich überhaupt anhielt. Wahrscheinlich, weil sie so ein reizendes Mädchen war, so damenhaft, und ich dachte, die Ärmste habe einen Unfall gehabt, oder das Benzin sei ihr ausgegangen; nachts auf der Landstraße ist es sehr schwierig für eine Frau allein. Nur deshalb hielt ich an. Wenn ich geahnt hätte, daß man mir so etwas antun würde, hätte ich das nie getan.»

«Was hat sie Ihnen angetan?»

«Sie ist verschwunden.»

Carvalho fährt sich mit der Hand über das Gesicht, nicht aus Ungeduld, sondern auf der Suche nach sich selbst, wie um sich davon zu überzeugen, daß er wirklich in eigener Person hier und jetzt dieser seltsamen Mischung aus Gespenstergeschichte und Anstandsunterricht lauscht.

«Ich habe das alles der Guardia Civil erzählt und warte noch immer auf eine Erklärung. Wenn mein José noch am Leben wäre, wäre das nicht passiert. Er war ein starker Charakter und ließ sich von keinem auf die Zehen treten. Bestimmt hätte das Mädchen es sich noch einmal überlegt, bevor sie sich diese Unverschämtheit erlaubt hätte. Und die Guardia Civil? Bezahlen wir sie etwa dafür? Ich mußte ihnen erst Vorhaltungen machen, bevor sie meine Anzeige aufnahmen. Als ob ich es geträumt hätte! Ein junger Schnösel ohne Kinderstube deutete sogar an, ich sei betrunken. Mögen Sie ein Gläschen Anis?»

«Von Anis muß ich immer aufstoßen.»

«Weil Sie wahrscheinlich gewöhnlichen Anis trinken. Das hier ist ein Machaquito, ein sehr guter Anis aus Córdoba. Ich fahre oft nach Córdoba, um Flamenco zu sehen. Ich bin zwar durch und durch Katalanin, aber ich schwärme für Flamenco und Stiere. Und Sie, mögen Sie Stiere?»

«Vom Grill, als Filet noch ziemlich roh, mit Sauce Béarnaise. Oder auch als Ragout.»

«Aber zuerst muß man mit ihnen kämpfen und sie töten. Dieser Anis trägt den Namen eines großen Toreros, der vor langer Zeit lebte. Geben Sie mir das Buch dort auf dem Regal, und nehmen Sie das Mortadella-Sandwich weg, das meine Schwägerin darauf liegengelassen hat! Die beiden sind total verwöhnt, dabei sind sie nicht mal aus gutem Hause. Eines Tages werde ich sie in ein Heim stecken, dann wird ihnen das Lachen vergehen!»

Es ist ein Buch über Stierkampf, und die Witwe Botanch braucht die ganze Tischplatte, um es aufzuschlagen.

«Sehen Sie! Das ist die Skizze eines *pase** von Machaquito. Sehr ähnlich wie die *chicuelina***, aber die rechte Hand etwas weiter erhoben. Sehen Sie? So.»

Die Witwe nimmt ihre Stola ab und steht auf. Sie faßt sie am Saum und beugt sich zur rechten Seite, sozusagen um die Drehung des *pase* anzudeuten; gleichzeitig erinnert es an ein Dekantieren, woran die Neigung der Perücke schuld ist. «Nehmen Sie die Stola selbst, und Sie werden sehen, wie der *pase* geht!» Eine der alten Frauen betritt das Zimmer, bleibt aber nicht lange. Sie durchquert es, fieberhaft auf der Suche nach einem Objekt ihrer Begierde, das nur sie allein kennt. Im Vorbeigehen bemerkt sie kritisch: «Überhaupt nicht wie die *chicuelina*!»

«Wenn du mir dauernd Widerworte gibst, stecke ich dich ins Heim, du Bohnenstange!»

Dunkle Brille, braunes, pomadeglänzendes Haar. Der Taxifahrer von Montchicoi fährt sich mit dem Kamm immer wieder durch das penibel gekämmte Haar. Weiße Muskulatur, Haut eines dunkelhäutigen Schwindsüchtigen. Er plaudert auf der Plaza Mayor von Montchicoi mit Carvalho, wobei er sich mit der Spitze des Hinterns an der Karosserie abstützt.

«Der Guardia Civil habe ich das nicht erzählt; ich habe mich an sie rangemacht.»

«Was heißt rangemacht.»

«Na ja, ich fragte, ob sie einen festen Freund hat und warum ein so hübsches Mädchen allein unterwegs ist.»

* Stierkampffigur
** best. Stierkampffigur

«Hat sie geantwortet?»

«Ich glaube nicht, aber wer schweigt, sagt ja.»

«Wie erklären Sie sich ihr Verschwinden?»

«Sie hat mir bestimmt irgendein Spray ins Gesicht gesprüht, und ich wurde bewußtlos. Sie hat mir eine Ladung Gas verpaßt, und ich war hinüber. Dann ging sie weg, und ich kapierte nicht, was los war, als ich aufwachte.»

«Wieso hat sie Ihnen etwas ins Gesicht gesprüht?»

Der Taxifahrer schaute auf seine Fingernägel.

«Ich bin schließlich ein Mann, und sie war eine phänomenale Blondine. Ich muß wohl aufs Ganze gegangen sein, aber ich weiß nichts mehr davon.»

«Gehen Sie immer aufs Ganze?»

«Wenn ich kann, schon. Ich wäre ja dumm, wenn ich es nicht täte. Ich fahre mit einer Hand am Lenkrad, und die andere lasse ich nach hinten über meinen Sitz hängen. Wenn sie ihre Beine in der Nähe lassen, dann stört sie meine Hand auch nicht. Dann kommt hier eine Biegung, da eine Kurve, und die Hand rutscht aus, ganz zufällig. Man erlebt mehr als einen Flop, aber es springt auch mehr als ein Abenteuer dabei raus.»

«Und in jener Nacht kam es nicht zu einem Abenteuer?»

«Wer weiß. Wer kann schon rauskriegen, was da gelaufen ist? Hören Sie, vielleicht kennen Sie sich ja aus. Man sagt, es gebe Expeditionen von Marsmenschen, die hierherkommen und unser Inneres aussaugen, damit sie so aussehen wie wir. Könnte die Frau ein Marsmensch gewesen sein?»

«Fehlt Ihnen etwas an Ihrem Körper?»

«Nein, nichts. Da ist alles an seinem Platz, und gleich paarweise; doppelt hält besser.»

«Ließen Sie in jener Nacht wie sonst Ihre Hand hinter dem Sitz baumeln?»

«Ich glaube schon.»

«Und Sie haben menschliches Fleisch berührt?»

«Klar.»

«Glauben Sie es, oder sind Sie sicher?»

«Ich sagte Ihnen doch schon, daß ich mich kaum erinnere.

Aber alles, woran ich mich erinnere, war sehr angenehm oder hinterließ ein angenehmes Gefühl. Ich bin sicher, daß ich sie flachgelegt habe, denn ich kenne mich, und ich bringe meine Sachen gerne zu Ende. Ich besorge es ihnen gut, Mann, sehr gut sogar. Ich hab's mit zweiunddreißig oder dreiunddreißig Kundinnen gehabt... Warten Sie einen Moment, ich schaue nach!» Er zieht ein kleines Notizbuch aus der Gesäßtasche. «Zweiunddreißig. Dreiunddreißig, wenn ich sie mitrechne, aber ich weiß es nicht mit Sicherheit, und ich schreibe nicht gerne Angebereien auf. Also, das war alles freiwillig, nicht daß Sie jetzt meinen, ich sei so ein Landstraßenvergewaltiger! Ich habe auch schon manche Ohrfeige kassiert, aber im allgemeinen ist es eine saubere Sache. Ich arbeite behutsam, beim Vorspiel und danach. Das hätte mir noch gefehlt, daß hinterher eine ankommt und mir Vorwürfe macht, weil ich sie geschwängert habe!»

«Wo haben Sie denn Ihre tolle Technik gelernt?»

«Naturtalent. Mein Schwanz ist wie eine Zaubergeige, die jede Partitur meistert. Wenn Sie mich in Aktion sehen würden, würden Sie nicht mal was bemerken. Jemand, der einen Meter vor dem Taxi steht, würde nicht merken, daß ich drin bin, ungelogen. Das ist Spezialbegabung, das Spiel mit den Hüften, Fingerspitzengefühl. Ich zieh ihn gern ab und zu zurück und schaue nach, was sie für ein Gesicht machen.»

«Und was für eins machen sie?»

Der Taxifahrer lacht und schlägt sich mit der Faust in die flache Hand.

«Wie Säuglinge, denen man den Schnuller wegnimmt, wenn sie gerade daran genuckelt haben.»

«Nein, bitte machen Sie kein Licht an!»

Er kann das magere Männchen kaum sehen, dessen letzte Haare ebenso schütter sind wie die, die ihm anstelle eines Schnurrbarts aus der Nase hängen. Bitte strengen Sie ihn nicht an, hat ihn die Tochter gebeten. Seit der Geschichte auf der Landstraße hat er sich nicht wieder aufgerappelt, hat seine Frau erzählt. Und da liegt er im Halbdunkel, mit zitternder Unterlippe und dem Argwohn, daß alles Böse aus der Dunkelheit kommt. Nicht alles, aber fast. Der Rest könnte aus der Helligkeit kommen. Er bewegt den Kopf hin und her wie ein Blinder, als versuche er, den trüben Bodensatz seines Gehirns aufzurühren.

«Ich möchte mich mit Ihnen über die Sache auf der Landstraße unterhalten.»

«Das Mädchen. Ja, das Mädchen.»

«Es war kein Mädchen, eher eine junge Frau.»

«Es war ein kleines Mädchen! Ich habe sie überfahren, und dann sagte ich, es sei eine junge Frau gewesen, weil ich mich schämte, ein kleines Mädchen überfahren zu haben. Aber man hat sie nie gefunden.»

Er lacht listig wie ein alter Fuchs.

«Wissen Sie, warum man sie nicht gefunden hat?»

«Nein.»

«Weil ich mich konzentrierte, die Augen schloß und sagte: ‹Lieber Gott, sie ist schon tot. Mach, daß man sie nicht findet! Vergib mir, aber mach, daß man sie nicht findet!› Und Gott hat mich erhört, weil es der aus Navarcles war.»

«Wer war aus Navarcles?»

«Gott. Er ist aus Navarcles, wie ich. Wir sind beide aus demselben Dorf. Wenn es der aus Manresa gewesen wäre, hätte er mich nicht erhört. Die aus Manresa halten sich für die Herren der Welt. Sie wollen eine selbständige Provinz werden!» Der Alte hat sich aufgerichtet, wie von seinen letzten Kräften getrieben. «Solange ich in Bages etwas zu sagen habe, wird Manresa keine selbständige Provinz! Und schon gar nicht Provinzhauptstadt! Es gibt auf der Welt nichts Schlimmeres als die aus Manresa. Wissen Sie, daß wir heute Franzosen wären, wenn die es nicht verhindert hätten? Die Verschwörung wurde nämlich in Manresa ausgeheckt, die dazu führte, daß sich Katalonien mit Napoleon anlegte. Sonst wäre Katalonien jetzt frei oder eine blühende Region Frankreichs, und die Spanier ein Volk für sich. Wir bräuchten einen Paß, um den Ebro zu überqueren, und sie auch, um hierherzukommen.»

«Ich möchte gerne ein wenig über das Mädchen sprechen, das Sie überfahren haben.»

«Welches Mädchen? Ich habe nie jemanden überfahren. Fünfzig Jahre Führerschein, und ich weiß bis heute nicht, was es heißt, einen Unfall zu haben.»

«Ich meine die junge Frau, die zu Ihnen ins Auto stieg und verschwand.»

«Sie war eine *xarnega* *. Sie sprach Spanisch.»

«Sie setzte sich auf den Rücksitz.»

«Nein, vorne, neben mich.»

«Und dann verschwand sie. Können Sie sich vorstellen, wie?»

«Eine Zigeunerin. Bestimmt war sie eine Zigeunerin. Ich habe Zigeuner schon unglaubliche Dinge tun sehen. Im Krieg lernte ich einen Zigeuner kennen, der hatte einen Bauchnabel so groß wie ein Ei. Er konnte ihn einziehen, wenn er wollte, und damit er wieder herauskam, brauchte er nur so zu tun, als ob er husten müßte, schon war er wieder da.»

«Warum sagen Sie, daß sie eine Zigeunerin war?»

«Weil ich meine, daß sie barfuß ging. Aber ich will darüber nichts weiter sagen, weil die aus Manresa alles gegen mich verwenden. Die Guardia Civil, die mich vernommen hat, muß auch von dort gewesen sein; ich wußte sofort, woher der Wind weht. In der Lokalpresse habe ich mich dagegen ausgesprochen, daß Manresa selbständig wird, und das haben sie mir nicht verziehen. Aber ich sage Ihnen, solange ich noch ...» Er erhebt sich mit allerletzter Kraft und schreit: «Ich werde es nicht zulassen!»

Carvalho läßt ihn in seinem ewigen Halbdunkel zurück und geht zu seiner Frau und seiner Tochter.

«Was hat diese Geschichte mit dem Gott aus Navarcles zu bedeuten?»

Die Frau bricht in Schluchzen aus. «Ach, sie werden ihn mir noch einsperren! Einsperren werden sie ihn. Ich hab ihm gesagt, er soll aufpassen, daß er nichts vom Herrgott aus Navarcles erzählt.»

* Sprich ‹scharnega›. Katalanischer Ausdruck für Spanier

«Sei still, Mama, beruhige dich! Dieser Herr wird zu keinem ein Wort davon sagen. Mein Vater glaubt, daß jedes Dorf und jede Stadt ihren eigenen Gott hat, und er glaubt nur an den Gott von Navarcles.»

«Glaubte er das schon vor dem Unfall?»

«Vor dem Unfall hat er es noch als Witz erzählt. Er hatte immer schon diese Gesinnung, sehr gegen die Kirche.»

«Aber er tut keiner Fliege etwas zuleide», unterbricht die Mutter, beunruhigt durch die Enthüllungen ihrer Tochter gegenüber einem Unbekannten.

«Jetzt meint er es also ernst mit dem Gott aus Navarcles», murmelt Carvalho wie zu sich selbst.

Das Schild klingt nach Schlaraffenland: «Schinkengroßhandel Mena». Aber Carvalho mißtraut dem Großhandelsschinken noch mehr als den Großhandelshühnchen. Ein Schinken aus dem Großhandel kann nicht gut sein. Schinken muß reifen, Stück für Stück, vielleicht auch zehn auf einmal, aber niemals tausend; schlechte Schinken zu fabrizieren, das, jawohl, das ist anti-spanisch. Auf Carvalhos Klopfen hin geht das Lagertor auf; eine junge Frau läßt ihn ein, die aussieht, als hätte sie erst kürzlich eine Gelbsucht überstanden. Im Verein mit ihr versucht eine ranzige Dunstwolke aus den Tiefen der Lagerhalle, ihn von weiterem Vordringen abzubringen. Aber der Besitzer hat strikte Anweisungen erteilt, Carvalho zu ihm zu führen, und das hepatitische Mädchen geht mit den Trippelschritten einer kränklichen Japanerin vor ihm her. Im Gegensatz zu ihr hat der Mann im grauen Arbeitskittel, der nun auf ihn zukommt, die Gesichtsfarbe eines Landarbeiters, genau wie die Bauerngesichter auf alten Stichen, die koloriert wurden von städtischen Illustratoren, die wenig vom Landleben hielten. Rouge auf den Backenknochen und ein Geflecht von lila Äderchen auf der netzhautartigen Oberfläche eines Gesichtes, das ohne Gewissensbisse ißt und trinkt.

«José Mena Guiteriz, nehme ich an.»

«José Mena Güiteriz. Mit zwei Pünktchen auf dem u. Wenn Sie es aufschreiben, notieren Sie das bitte! Immer mit zwei Punkten, guter Mann, denn wenn es etwas auf der Welt gibt, das mich ärgert, dann, wenn man meinen Familiennamen ohne die zwei Punkte schreibt. Von klein an schon, und später im Corps.»

«Zivilgardist in Rente.»

«Pensioniert, jawohl, mein Herr.»

Der Ort ihrer Begegnung ähnelt einer Höhle, in der Stalagmiten und Stalaktiten durch tropfende Schinken ersetzt worden sind, die von der Decke herabhängen oder sich am Boden stapeln.

«Ich war unterwegs mit einem Lieferwagen voller Schinken – man bessert eben ab und zu die Pension mit ein paar kleinen Arbeiten nebenbei auf –, da sah ich das Mädchen. Nicht daß ich ein besonderer Freund der Anhalter wäre, aber ich sagte mir, es würde der Ärmsten um diese Uhrzeit schwerfallen, jemanden zum Anhalten zu bewegen, und Linienbusse verkehren dort nicht. Also machte ich ihr Platz zwischen den Schinken.»

«Das heißt, Sie stiegen aus, räumten ein paar Schinken zur Seite und ließen sie Platz nehmen…»

«Ja sicher. Das war meine Pflicht. Ich konnte sie doch unmöglich auf dem Schinkenberg sitzen lassen.»

«Sie haben sie also gesehen.»

«Was heißt, sie gesehen… Sie stand neben mir, ich spürte ihre Gegenwart, als ich die Schinken umpackte.

Und dann setzte sie sich, sie ging an mir vorbei… Aber genau kann ich sie auch nicht beschreiben. Blond war sie schon, und hübsch, obwohl ich auch nicht sagen kann, warum ich sie hübsch fand. Den Eindruck hatte ich von Anfang an und habe ihn immer noch.»

«Und sie verschwand.»

«Ganz genau.»

«Ohne ein Wort.»

«Keinen Ton.»

«Wie erklären Sie sich das?»

«Gar nicht.»

«Was soll das heißen?»

«Na, ich habe nichts weiter als meine Pflicht getan. Ich habe einem Mitbürger geholfen. Wenn sie sich nicht so benahm, wie sie sich hätte benehmen sollen, geht mich das nichts an.»

«Macht es Ihnen nichts aus, daß sie verschwunden ist? Immerhin haben Sie ihr nicht die Tür aufgemacht.»

«Nein.»

«Sie verschwand während der Fahrt.»

«So ist es. Allerdings muß ich Ihnen sagen, daß ich langsam fahre, vor allem nachts.»

«Das heißt, sie hätte herausspringen können.»

«Das hätte sie tun können, aber sie tat es nicht, weil sie sonst platter als eine Feige liegengeblieben wäre.»

«Was dann?»

«Weiß der Geier. Soll sich doch jeder um seine eigenen Angelegenheiten kümmern. Ich kümmere mich nur um meinen Schinken. Aber in dieser Nacht habe ich ein Gelübde abgelegt, das ich zu halten gedenke, solange ich lebe. Nie wieder nehme ich einen Anhalter mit. Wenn niemand Anhalter mitnehmen würde, würden solche Dinge nicht vorkommen.»

Carvalhos Verwirrung läßt den ehemaligen Zivilgardisten an der Klarheit seiner Ausführungen zweifeln.

«Verstehen Sie mich?»

«Nein. Wenn keiner mehr Anhalter mitnehmen würde, würden diese zwar zweifellos nicht aus Autos verschwinden, aber das Problem der Existenz oder Nichtexistenz von Gespenstern ist damit nicht gelöst.»

«Das ist nur ein Mangel an Zucht und Ordnung. Solche Geschichten passieren heutzutage; früher hätte es das nicht gegeben, weil die Menschen anständiger waren. Wann gab es das denn schon, daß sogar Kinder die Landstraßen unsicher machen und per Anhalter fahren wollen? Der Mensch ist, wie er ist, und vor allem der Spanier. In Not geratene Autofahrer fangen mit der Anhalterei an, und am Ende machen es sogar die Säuglinge, um schnell nach Hause an die Brust zu kommen.»

«Die Frau sprach nicht, sondern sagte nur das mit der Kurve?»

«Nur das.»

«Was meinte die Guardia Civil dazu, als Sie wegen der Anzeige kamen?»

«Daß sie so etwas von einem aus dem Corps nicht erwartet hätten. Und sie hatten völlig recht damit.»

Es ist unbekannt, zumindest nicht nachweisbar, wie die Urform des Klosters aussah, die später zu einem reichlich oft imitierten Vorbild erstarrte. Über die von Alter und Regen ergraute Mauer des Nonnenklosters Santa Clara hängen üppige, verdächtig fleischfressend aussehende Jelängerjelieber bedrohlich über den Passanten. Die Pflanzen scheinen über die Umfassungsmauer flüchten und die Aufmerksamkeit der Passanten auf sich lenken zu wollen. Die dunkle Eingangshalle riecht dumpf nach Einsamkeit und Feuchtigkeit, und die Klosterpförtnerin, die im Rahmen des Guckfensterchens auftaucht, erscheint Carvalho wie der Ausschnitt aus dem Bildnis einer Nonne von einem jüngeren Zurbaránschüler. Sie ist nicht überrascht, als Carvalho seinen Namen nennt, und bezüglich der Gründe seines Besuchs gibt sie vor, die Erlaubnis der Mutter Oberin einholen zu müssen, die sie anscheinend erhält, denn die Schlösser beginnen zu knarren, und Sekunden später quietschen die rostzerfressenen Angeln der schweren in Kreuzform beschlagenen Tür. Vor Carvalho steht eine kleine Nonne, die die Augen nicht vom Boden hebt, als sie ihm das Gesicht zuwendet. Sie führt ihn durch ein Labyrinth von Gängen und Blumenbeeten, die andere Nonnen mit weißen Kopftüchern und einem Spaten oder einer Hacke mit routinierter Geschicklichkeit bearbeiten. Auf Carvalhos Fragen nach dem Zweck von so viel Gartenpflege antwortet sie nur einsilbig und enteilt, als die Nonne in Sicht kommt, die wohl die Oberin ist, nach Steuerbord, als segle sie einem anderen Schiff entgegen, das nur sie allein sieht.

Carvalho erklärt kurz den Grund seines Besuchs, und die

Oberin lauscht mit scheinbar geschlossenen Augen, während sie aus den Augenwinkeln bald die Schwester zu ihrer Rechten, bald die zu ihrer Linken beobachtet.

«Sie erschien und verschwand.»

«Sie erschien und verschwand», sagen die beiden nacheinander, wobei die eine ihr Gebetsgemurmel unterbricht und die andere nicht aufhört, die Perlen ihres Rosenkranzes durch die Finger gleiten zu lassen.

«Ich verstehe, daß Ihnen, Schwestern, diese Sprache leicht verständlich ist, aber mir fällt es schwer, mir vorzustellen, daß jemand einfach erscheint und verschwindet.»

Die Oberin hat die Augen aufgeschlagen und forscht in Carvalhos arglosem Blick nach Hintergedanken.

«Wir haben viel gebetet für die Seele dieser Frau – falls sie überhaupt je existierte und nicht eine Einbildung war, die die Dunkelheit und der Fastenzustand meiner Töchter hervorgerufen haben, denn es war Fastenzeit, und ihr Eifer ist so groß, daß sie bisweilen den Wunsch übertreiben, sich Gott, unserem Herrn, dankbar zu erweisen.»

Die Rosenkranzbeterin hat keine Augen für Carvalho und scheint die Worte der Oberin nickend zu bestätigen. Der anderen aber, einer großen Dunklen mit zusammengewachsenen Augenbrauen und einem Schnurrbartanflug auf der Oberlippe, steht ein spielerischer Widerspruch in den Augen, die Carvalho direkt anblicken.

«Ist das wahr, Schwestern, kann es ein Wachtraum gewesen sein?»

Die körperlich und geistig Stumme nickt, aber die andere holt tief Luft und platzt heraus: «Ich habe es schon der Mutter Oberin gesagt – ich glaube, daß es eine Frau aus Fleisch und Blut war, die dem Bildnis der heiligen Genoveva von Brabant sehr ähnlich sah, das Schwester Asunción in ihrer Zelle hat.»

Die Oberin unterdrückt den Impuls, sie zum Schweigen zu bringen, und scheint sie eher mit Kopfbewegungen zum Weitersprechen zu ermutigen.

«Ich weiß nicht, ob ich darf, ehrwürdige Mutter, aber Gott

der Herr straft uns, wenn wir lügen, und ich habe sie so gesehen, wie ich Sie jetzt vor mir sehe.»

«Sehr gut, sehr gut, meine Tochter. Darauf kommt es an: die Wahrheit zu sagen. Aber wir haben schon oft darüber gesprochen, und Ihre Begleiterin von jener Nacht ist sich nicht so sicher wie Sie.»

«Mögen Sie, Schwester Valeria, und Sie, ehrwürdige Mutter, mir verzeihen, aber Schwester Valeria hat, wie sie es immer tut, die ganze Zeit über den Blick nicht vom Boden gehoben.»

Geduldig wartet Carvalho ein Ave-Maria ab. Als er die Unmöglichkeit einer Fortsetzung des Gesprächs erkannt hat und ein paar Schritte in Richtung der Pforte gegangen ist, gibt die redselige Nonne ihr Anstandsschweigen auf und ruft übermütig: «Außerdem fuhren wir im Zweitürer der Oberin, also hat die Sache doch einen Haken!»

Die Nonne ist sehr befriedigt darüber, daß die Sache so kompliziert ist. Ihre Begleiterin ist einer Ohnmacht nahe. Die Oberin blitzt sie aus ihren alten Augen an. Aber der dankerfüllte Blick aus Carvalhos Augen entschädigt sie dafür, und sie wird ihn jahrelang wie eine Trophäe im Gedächtnis bewahren, die sie eine harte Buße gekostet hat.

Daß im Telefonbuch neben dem Namen Patricio Desclergues Biedma der Zusatz «Schriftsteller» steht, findet Carvalho nicht eben verlockend. Er erkundigt sich bei einem Freund, der Verbindung zur Literaturwelt hat, und erfährt von ihm, Patricio Desclergues sei auf Ehre und Gewissen Schriftsteller und habe einen Roman über einen Nachmittagsausflug an den Genfer See im Jahr 1915 geschrieben, dessen Hauptfiguren lediglich Patricio selbst, Isadora Ducan, Sigmund Freud und eine junge Prostituierte aus einem Bordell in Marseille seien. Der Roman mit dem Titel *Seeattitüden* werde als organische Keimzelle eines Romans eingeführt, die sich immer mehr auswachse und schließlich mit der Invasion von Mussolinis Truppen in Äthiopien ende.

«Und das Mädchen wird zur Marketenderin.»

«Nein. Dieses Motiv ist völlig unwichtig.»

«Dann erobert Patricio Äthiopien.»

«Nach seinen Presseerklärungen ist Äthiopien eine Metapher, und der Faschismus war schon immer eine.»

«Allmählich verstehe ich.»

«Es ist das Rien-ne-va-plus des postmodernen Romans.»

«Ein Glück!»

Der Schriftsteller bewohnt eine von tonnenschwerem Efeu halb erdrückte kleine Villa in einem dieser Winkel am Stadtrand, die kurz davor stehen, der Spitzhacke und Wohnblocks zum Opfer zu fallen, um die Fortpflanzung kommender Generationen von aggressiven Managern zu sichern. In einer Lücke des Efeus ahnt man eine offene Tür, und Carvalho betritt eine halbdunkle Diele mit Jugendstilmosaik und bunt gekachelten Wänden. Irgendwoher kommt der Duft von Räucherstäbchen. Ein dicker, triefäugiger Hund kommt auf ihn zu, leckt seine Schuhe und setzt seinen Weg nach Westen fort. Carvalho dringt in das Zimmer vor, aus dem der Hund gekommen ist, und findet dort einen Patricio im Lotussitz, der in semantisch eindeutiger Bekundung seines Erstaunens über die Unverfrorenheit des Eindringlings die Augenbrauen hochzieht.

«Mein Name ist Pepe Carvalho. Privatdetektiv. Ich suche ein Mädchen, das per Anhalter fährt und dann verschwindet.»

«Eine Minute, bitte.»

Das schmale, blaßblonde, schmächtige Männchen hat um Waffenstillstand gebeten und setzt seine Yogaatemübungen fort, während sich Carvalho neugierig im Arbeitszimmer des offenkundigen Intellektuellen umsieht. In einer Schreibmaschine steckt ein halb beschriebenes Blatt; neben der Maschine liegen auf einer Seite die beschriebenen, auf der andern die unbeschriebenen Blätter. Nun scheint er die Atemübungen beendet zu haben, denn er steht auf und spricht Carvalho aus einer eigentümlichen Entspanntheit heraus an.

«Die Yogaatmung ist die Energiequelle für gutes Schreiben. Man schreibt, wie man atmet, und was nicht barock ist, ist Journaille. Verstehen Sie?»

«Nein.»

«Man muß tief atmen, damit das Gehirn nicht aus syntaktischer Trägheit gleich das Subjekt nennt und den Satz sofort zu Ende führt. Verstehen Sie?»

«Jetzt allerdings.»

«Ich versuche gerade, einen Roman über die Geschichte der Erscheinung zu schreiben, aber das Pantagruelische des Themas stört mich. Viel zuviel Thema. Es ist wie mit diesen gräßlichen Frauen, die zuviel Busen und zuviel Hintern haben und beides verstecken müssen. Verstehen Sie?»

«Ich versuche es.»

«Die Geschichte mit der Erscheinung fasziniert mich, aber sie ist viel zu umfangreich; sie kann den Akt des Schreibens korrumpieren, wie sie mein Leben korrumpiert hat. Für einen Schriftsteller ist es ideal, wenn er nichts erlebt und sich daher alles ausdenken muß. Nur so ist das Thema verzeihlich. Ich lebe das glatte Gegenteil; das Thema erscheint mir ebenso exzessiv wie unaufschiebbar. Dabei versuche ich, die Anekdote zu begraben. Zum Beispiel…» Er nimmt einige Manuskriptseiten und liest: «So wie diese grünen Müllkarren, die vorbeigefahren und doch nicht vorbei sind, endlos in ihrem Nicht-Sein von Abfällen, erleichtert von der Pflicht des Lebens in dem Moment, in dem sich die Pestilenz vergegenständlicht, die Luft sich zu Gestank und Gestankesgestank potenziert, die Wut der kleinen untergegangenen Sterne mit einem Millimeter Orangenschale verklebt, ohne Eile, weil die kreischenden Achsen eigenständig sind in ihrem Zeitlauf, so wendete Dädalus den Blick zurück…»

«Wer ist Dädalus?»

«Die Hauptfigur. Eine private Hommage an James Joyce im Jahr seines hundertsten Geburtstages.»

«Das heißt also, Dädalus, das sind Sie, dem die Tote erscheint.»

«Darauf kommt es nicht an.»

«Sie wenden den Blick zurück, und das ist der Moment, in dem Sie sehen, daß das Mädchen nicht da ist.»

«Nicht so schnell. Bis dahin ist es noch weit. Im Moment wendet er den Blick zurück, weil er eine Streichholzschachtel sucht. Es dauert noch lange bis zur Begegnung auf der Landstraße. Diese wird tatsächlich das letzte Ereignis sein, und es wird fast keine Bedeutung für die Geschichte haben. Ich habe es geschafft, vierhundert Seiten zu schreiben und den Protagonisten erst vor genau zwölf Seiten ins Auto steigen zu lassen.»

«Erstaunlich.»

«Alles andere wäre Journaille.»

«Können wir jetzt über die Tatsachen reden?»

«Welche Tatsachen?»

«Die Ereignisse an jenem Tag, als Ihnen das Mädchen erschien.»

«Reden Sie keinen Stuß! Wie könnte ich in naturalistischen Termini darüber sprechen? Als wäre es ‹wirklich› passiert! Wie platt! Das würde meine Methode des Ad-hoc-Denkens zerstören, die auf den Stil des Romans abgestimmt ist. Verstehen Sie? Ich bin nicht daran interessiert, unter der Prämisse mit Ihnen zu reden, daß das alles wirklich geschehen sein könnte. Das Wichtige ist immer der Blickwinkel; das ist der Ruin einer ganzen obszönen Literatur, der es darum geht, einmal den Ausgangspunkt und zum andern den Blickwinkel glaubhaft erscheinen zu lassen. In der Literatur gibt es nichts Glaubhaftes außerhalb des Literarischen, ich sage es noch einmal: des Literarischen. Lesen Sie gerne?»

«Ich habe nur noch wenige Jahre zu leben.»

«Eines Tages wird ein genialer Schriftsteller auftauchen, der niemals irgend etwas gelesen hat, ja nicht einmal schreiben kann. Er wird nichts anderes tun, als Wörter diktieren, und das wird Literatur in Reinform sein.»

«Es interessiert Sie also nicht, was mit der jungen Frau passiert sein könnte?»

Patricio fällt beinahe in Ohnmacht.

«Was für entsetzliche Dinge Sie da sagen! Diese Schlampe, die nach Achselschweiß roch und sich interessant machen wollte: Du siehst mich, du siehst mich nicht. Entsetzlich! Stoff für einen Kriminalroman, das ist es, was sie war.»

Wie soll sich da einer zurechtfinden, wenn es sieben Leute nicht wollen. Vielleicht können sie ihm auch nicht helfen, vielleicht wissen sie selbst nicht, wie sie zu diesem Thema stehen.

«Ich habe Ihnen Tintenfisch im eigenen Saft gemacht, gefüllt mit Pilzen und Hackfleisch.»

«Sehr gut.»

«Eine Mordsarbeit, Chef!»

Aber Biscuter spürt, daß Carvalho nicht in gastronomischer Laune ist, und besteht nicht darauf, weiter die Vortrefflichkeit des Gerichtes anzupreisen. Carvalho ißt ohne rechte Lust. Er schiebt den Teller beiseite, auf dem noch ein Häufchen Tintenfische liegt.

«Schmeckt's nicht, Chef?»

«Ich hab keinen Hunger, Biscuter.»

Er wirft die Serviette auf den Schreibtisch, und im selben Moment kommt Martís Bruder herein. Er sieht die Essensreste und blickt dann von Biscuter zu Carvalho, als seien sie verrückt.

«Tintenfisch im eigenen Saft um diese Zeit?»

«Wir haben einen Trauerfall in der Familie.»

Biscuter grinst in sich hinein über die Schlagfertigkeit seines Chefs, geht in die Küche und versucht dort erfolglos, sich das Lachen zu verkneifen.

«Haben Sie etwas herausgefunden?»

«Nein, nichts. Es kann sich um eine Halluzination oder um Betrug handeln. Fest steht, daß die betreffenden Personen die Tatsachen inzwischen abgewandelt und der Wahrheit angepaßt haben, an die sie glauben wollen. Bis auf eine Nonne...» Carvalho lacht, als ihm die Nonne einfällt. «Nur eine Nonne hat die Schwierigkeiten noch vergrößert, indem sie der Realität noch Reales hinzufügte. Sie sagte, die junge Frau sei aus einem zweitürigen Wagen verschwunden, in dem vorne zwei Nonnen saßen.»

«Also?»

«Vorderhand können Sie den Fall in die Ufo-Kartei einordnen.»

«Geben Sie nicht auf! Ich bin am Ende. Gerade komme ich aus der Psychiatrie, wir haben meine Schwägerin eingeliefert. Bei meinem Bruder ist es auch bald soweit. Seine rationale Art macht die Sache noch aussichtsloser. Bitte geben Sie nicht auf!»

«Bei den andern Leuten, die diese Geschichte erlebt haben, fehlt auch nicht mehr viel, bis sie in die Nervenklinik eingeliefert werden. Ich glaube, einige waren sogar frisch dem Irrenhaus entsprungen, als sie das Mädchen mitnahmen. Ich habe die unterschiedlichsten Verrückten dieses Landes, dieses Planeten gesehen. Hören Sie, einmal bat mich eine Frau um Hilfe, die beim Trampen dreimal vergewaltigt worden war. Sie wollte beweisen, daß sie gezwungen worden war, und ich sollte Charakterproben ihrer Vergewaltiger beschaffen. Ich tat es, erfuhr aber währenddessen, daß sie schon von ihrem Stiefvater und später von ihrem Lehrer vergewaltigt worden war, und Jahre später, nachdem sie zu mir gekommen war, heiratete sie einen ihrer Vergewaltiger.»

«Es war also ein Märchen.»

«Nein, die Wahrheit. Aber es handelte sich um einen dieser Fälle von Blitzableiterpsychologie. Manche Menschen sind darauf spezialisiert, eine bestimmte Form des Unheils anzuziehen, nur eine, wie ein Blitzableiter den Blitz anzieht. Und alle, die die junge Frau gesehen haben, waren verrückt; zwar jeder auf seine Art, aber verrückt.»

«Sie müssen verstehen, daß ich diese Erklärung nicht akzeptieren kann.»

«Das verstehe ich, und ich sage Ihnen, die Aussage der Nonne erhärtet am stärksten die Vermutung, daß Ihr Bruder und Ihre Schwägerin recht haben. Na schön, was wollen Sie mehr? Ich gebe den beiden recht. Tun Sie das auch! Genügt das nicht?»

«Nein, das wird ihnen nicht genügen. Sie werden ja dafür bezahlt, damit Sie ihnen recht geben, und ich habe beide sehr gern und könnte deshalb so tun, als glaubte ich ihnen. Beide sind Rationalisten. Sie können nicht an Erscheinungen glauben.»

«Das sollen sie ja auch gar nicht. Sie sollen lediglich glauben, was sie gesehen haben.»

«Sie können nicht glauben, was sie gesehen haben.»

«Also, was ist das für eine seltsame Sorte von Rationalisten? Alles hat seine Grenzen. Wenn man mit der Philosophie durchs

Leben geht, daß man nur glauben darf, was man sieht, muß man konsequent sein.»

«Mit dieser Antwort kann ich nicht fortgehen.»

«Ich mache einen letzten Versuch. Ich werde mich als Blitzableiter verkleiden und fahre tausendundeinmal diese Landstraße entlang. Das ist das letzte, was ich tun kann. Ich werde selbst den Lockvogel spielen.»

Der Sargento hört sich Carvalhos Erklärung an, und allmählich breitet sich Skepsis auf seinem Gesicht aus. Schließlich holt er tief Luft und verzieht es zu einer verächtlichen Grimasse.

«Das ist schwieriger, als Öl zu finden. Öl sucht man in einem begrenzten Gebiet, das schon von vornherein bestimmte Kriterien aufweist, verstehen Sie? Warum soll Ihnen dieses Mädchen genau in dieser Kurve erschienen sein?»

«Es hat schon sieben Erscheinungen gegeben.»

«Wenn Sie wollen, gebe ich Ihnen eine schlüssige Erklärung, ohne Ihnen etwas zu berechnen, und Sie stellen es Ihrem Auftraggeber in Rechnung. Es gab einen ersten Fall, nehmen wir mal an, den des Vertreters. Er sah tatsächlich ein Mädchen, die trampte und bei ihm einstieg. Zunächst läuft alles gut, und dann immer besser. Warum bist du so alleine unterwegs, wo schläfst du etc. etc., sie landen auf dem Rücksitz und... na ja, und so weiter, und als er nach dem vielen Hin und Her wieder zu sich kommt, stellt er fest, daß ihm etwas fehlt, die Brieftasche vielleicht, oder ein Erinnerungsstück. Er kann ja nicht aussagen, daß sie sie ihm während des Techtelmechtels geklaut hat, und bläst deshalb zur Treibjagd, um zu sehen, ob man sie kriegt. Er erzählt die Geschichte von ihrem mysteriösen Verschwinden, weil er vermutet, daß es sich um eine Straßendiebin handelt, die man früher oder später schon erwischen wird. Die Geschichte beginnt sich herumzusprechen. Ein anderer Schwachkopf greift sie auf, und noch einer, und noch einer...»

«Es gibt zwei komplexere Fälle, bei denen Paare im Auto saßen, die Nonnen und die Kommunisten.»

«Eine von den Nonnen ist sich nicht sicher, und die beiden Roten würden sogar erzählen, sie hätten den Heiligen Geist gesehen, wie er eine rote Ampel überfuhr, nur um die Guardia Civil an den Eiern zu kitzeln.»

«Das ist möglich. Aber ich will es trotzdem versuchen.»

«Jeder ist sein eigener Herr.»

«Das heißt also, Sie brauchen sich nicht zu wundern, wenn Sie mich die Landstraße auf und ab fahren sehen.»

«Das erste, was man in diesem Beruf lernt, ist, daß man sich über alles wundern soll, und mit den Jahren kommt man so weit, daß man sich über gar nichts mehr wundert.»

Carvalho fährt die geheimnisvolle Strecke ein ums andere Mal ab. An den kritischen Punkten steigt er aus, überquert den Straßengraben, dringt auf die Felder vor, untersucht Pfade und nahegelegene Häuser und spricht mit den Bewohnern, bei Tag und bei Nacht. Seine Scheinwerfer beleuchten die unglückselige Kurve. In Lokalen an der Straße trinkt er etwas oder nimmt irgendeinen Imbiß zu sich, kehrt dann zu seiner Pflicht zurück und sucht beharrlich nach der letzten rationalen Erklärungsmöglichkeit. Endlich steht eines Nachts eine Frau an der Straße und winkt. Sie ist blond, aber eigentlich nicht sehr durchsichtig, eher fleischlich. Carvalho läßt sie einsteigen, bittet sie, sich anzuschnallen und drückt die Türsicherung auf ihrer Seite. Sie bemerkt Carvalhos Interesse an ihr und die verstohlenen Blicke, die er ihr zuwirft. Sie wird unruhig, löst unauffällig ihren Gurt und zieht die Türsicherung hoch.

«Haben Sie es eilig?»

«Nein, wieso?»

«Ich sehe, daß Sie den Gurt geöffnet und das Knöpfchen hochgezogen haben. Wollen Sie etwa von einem Moment auf den andern verschwinden?»

«Verschwinden... ich?»

«Die Landstraße, die Geschichte von der verschwundenen Frau. Sind Sie das?»

Die Frau bricht in schallendes Gelächter aus.

«Ach, so ist das! Ich gebe zu, daß ich Sie an einer schlechten

Stelle angehalten habe. Die Geschichte geistert schon seit Jahren herum, seit Jahrhunderten. Ich bin medizinisch-technische Assistentin und kam her, um hier auf dem Land einigen Leuten zu helfen, dort in den Feldern. Mein Auto blieb im Schlamm stekken, das ist alles. Hier haben Sie meinen Personalausweis, damit Sie sehen, daß ich kein Phantom bin.»

Carvalho überprüft ihn für alle Fälle.

«Mißtrauisch? Ist Ihnen die blonde, müde Frau erschienen?»

«Nein, mir nicht. Aber meinem Klienten. Er ist kurz davor, eingeliefert zu werden.»

«Es steht fest, daß es eine uralte Geschichte ist, die sich mit der Zeit verändert. Sie gehört zu den Volkslegenden über übernatürliche Erscheinungen. Jede Epoche paßt sie ihrem technologischen Stand und ihren Gewohnheiten an. Jetzt sind die Anhalter und das Auto dran. Die Wahrheit ist recht einfach und traurig. Ein jung verheiratetes Paar starb in dieser Unglückskurve, und die Beschreibung der jungen Frau, die manche gesehen haben wollen, trifft auf die Tote zu. Aber sie ist und bleibt tot.»

«Dann ist es ein Fall von Suggestion.»

«Sie müssen die Nachricht in der Zeitung gelesen haben, als sie durch die Presse ging. Sie brachten sie mit den Erscheinungen in Verbindung, über die die Zeitungen auch schrieben, und schon war die Halluzination da.»

«Sie sind also aus Fleisch und Blut.»

«Sicher.»

«Darf ich einmal probieren?»

Boshaftigkeit und Verheißung zugleich liegen in dem Blick der Frau, mit dem sie den seinen erwidert.

«Trauen Sie sich! Und wenn ich ein Gespenst bin?»

«Das Risiko gehe ich ein!»

Die Frau zieht sich vor Carvalhos Händen präventiv zur Tür zurück und mustert ihn von dort aus, ohne daß ihr Lächeln verschwindet, obwohl sie jetzt wachsam wirkt.

«Ich bin Krankenschwester, genauer gesagt MTA, und das kann ich Ihnen beweisen. Ich bin keine Erscheinung, aber Sie scheinen mir ein Landstraßencasanova zu sein, sehr einfallsreich, das stimmt. Daß Sie ein Gespenst suchen, ist nur Ihr Köder. Haben Sie viel Erfolg?»

«Ich bin kein Jäger.»

«Auch kein Schürzenjäger?»

«Manchmal schon, aber nur, wenn ich sehr in Nöten bin.»

«Bedaure, meine Patienten warten auf mich.»

«Wenn Sie wollen, warte ich hier auf Sie!»

Sie hat die Tür geöffnet und beugt sich von draußen zu ihm hinein, um zu sagen: «Ich finde schon jemanden, der mich mitnimmt.»

«Seien Sie vorsichtig! Es passiert so viel auf diesen Landstraßen …»

Das Klappen der Tür setzt den Schlußstrich unter etwas, das hätte sein können, aber nicht war.

Carvalho hat das Bedürfnis zu kochen und probiert ein paar Rezepte aus, die Biscuter in der Boquería-Markthalle bekommen hat. Eine typische Suppe aus dem Priorato und eine Tortilla aus derselben Region, die *sopa de brosa* und die *truita amb suc.* Wie immer, wenn er neurotisch kochen und speisen will, um dabei seinen Spekulationen und Ängsten bezüglich eines aufgeschobenen Problems nachzugehen, bittet er seinen Nachbarn, den Steuerberater Fuster, ihm als Tischgenosse und Katalysator für einen als Dialog getarnten Monolog zu dienen. Fuster läßt sich nicht überzeugen, bevor man nicht die Karten auf den Tisch legt.

«Die Suppe wird auf der Basis von Kartoffelbrühe und drei Sorten Fleisch gemacht: Huhn, Kalb und Schwein. Man dreht Kartoffeln und Fleisch durch ein manuelles Passiergerät und vermengt es mit der Brühe. Dann gibt man Schweinefleischklößchen dazu.»

«Sehr nahrhaft. Und die Tortilla?»

«Eine Tortilla mit gekochten Bohnen und einer Brühe, die einer hellen Soße mit Aioli und Stockfisch ähnelt.»

«Winter- und Binnenlandsküche.»

«Du sagst es.»

«Vom Büro aus sehe ich nicht, was für Wetter in Vallvidrera herrscht.»

«Nebel und Feuchtigkeit.»

«Ein ausgezeichnetes Abendessen. Du kannst auf mich rechnen.»

Dies tut Carvalho und vervollständigt die Inszenierung mit einem auf Kosten von Angus Wilsons *Anglo-saxon attitudes* entfachten Kaminfeuer.

«Was hat dir dieses Buch getan?»

«Überhaupt nichts, abgesehen von der beleidigenden Tatsache, daß es ein Buch ist. Ich würde sogar sagen, daß es mir vor fünfundzwanzig Jahren sehr gut gefallen hat. Aber es hat einen Titel, der verdammt ähnlich wie *Seeattitüden* klingt, der Roman eines Schwachkopfs, den ich nicht gelesen habe, aber widerlich finde.»

«Deine Paranoia spitzt sich zu. Jetzt haßt du schon Titel, die du noch gar nicht gelesen hast.»

«Du solltest den Bengel mal kennenlernen.»

Fuster hat die Nachspeisen mitgebracht, Kiwitorte und Quittenkonfitüre aus seinem Heimatdorf, und Carvalho hat einen leicht gekühlten «Scala Dei» aus dem Priorato geöffnet. Zum Dessert gibt es einen Likör aus Anis und Minze, typisch für die Bergdörfer des Priorato. Während sie essen und trinken und Carvalho sich die Augen mit den Rauchkringeln einer ordentlichen Cerdán umnebelt, gewinnt vor Fuster die an Erscheinungen reiche Geschichte der unmöglichen Nachforschungen Gestalt, und er versucht, sich die Personen und Situationen vorzustellen. Er hört ebenso bedächtig zu, wie Carvalho redet. Er greift seinen Worten nicht vor, sondern nimmt eins nach dem andern auf, mit seinen scharfen Vogelaugen, und als einzige Ablenkung streicht er sich ab und zu über die grauen langen Haare. Als Carvalhos Stimme hinter dem Rauchvorhang verstummt ist, spricht Fuster sein Urteil.

«Du hast zwei Möglichkeiten. Entweder du schließt dich der Meinung des Zivilgardisten an, der eine sehr kluge Erklärung gefunden hat, oder du spielst weiterhin den Fliegenden Holländer auf der Suche nach einer unverhofften Begegnung mit dieser Frau. Wenn du sie triffst, gibt es wieder zwei Möglichkeiten: entweder du hältst sie fest und zwingst sie, den Betrug zu gestehen, oder ...»

«Oder was?»

«Oder es handelt sich wirklich um eine Erscheinung.»

«Aha, so ist das also. Das fehlte mir gerade noch, daß du an Gespenster glaubst.»

«Wenn man spielt, dann mit vollem Einsatz. Man wettet nicht mit halbem Herzen. Stell dir vor, du findest sie mit viel Glück und erklärst ihr, worum es geht, und sie verschwindet und reiht dich ein in die Sammlung der Frustrierten. Warum ist das diesen sieben Leuten passiert und dir nicht?»

«Du willst mich auf den Arm nehmen.»

«Deine Bemerkung zeigt, daß du nicht an die Wahrheit dieser Geschichte glaubst. Du gehst höchstens so weit, daß du dem Sargento recht gibst, also daß es eine ausgedachte Geschichte war, zu der dann die Suggestion kommt. Ich will dir noch etwas anderes sagen. Die Geschichte ist nicht neu. Das ganze Mittelalter und die Neuzeit wimmelt von Erzählungen mit Erscheinungen auf Wegen, die verschwinden, wenn sie ihre Warnung ausgesprochen haben. Sogar Schriftsteller haben die Geschichte aufgegriffen, und vor gar nicht langer Zeit erwähnte García Márquez diesen literarischen Topos in einem Artikel in *El País*. Die überlieferte Geschichte hat sich der Entwicklung des Automobils, der Landstraße und des Autostoppens angepaßt. Das ist alles. In der Zukunft, wenn es einmal ganz normal sein wird, durch den Weltraum zu fliegen, erscheinen ätherische Mädchen zwischen den Galaxien und rufen zum gegebenen Zeitpunkt: ‹Achtung! Ein Planet!› Dann sind sie verschwunden.»

Ein letztes Glas Digestif aus dem Priorato, ein letztes Häppchen Quittenkonfitüre, dann läßt Fuster ihn allein. Carvalho starrt wie hypnotisiert in die Flammen und übt Selbstkritik auf der Suche nach einer Lösung zwischen seinem Hang zum Irrationalen und seiner Berufsehre. Schließlich schläft er ein und träumt, er fliege an Bord seiner selbst durch den Weltraum und begegne Mädchen, die eher blaß als blond sind. Bläulich umherschwebend, wollen sie zu irgendwelchen Planeten mitgenommen werden, deren Namen er am nächsten Tag vergessen haben wird. Als der Morgen dämmert, liegt immer noch Nebel über Vallvidrera, und im Radio wird auf die Verkehrsgefährdung auf einigen Landstraßen hingewiesen. Carvalho fährt hinunter nach Barcelona zu seinem Büro und vereinbart telefonisch ein Treffen mit seinem Klienten. Aber vor der Verabredung nimmt er sich noch eine Stunde Zeit zum Nachdenken. Er schlendert durch den Teil Barcelonas hinter den Ramblas, jenseits des Barrio Chino, das romantische Barcelona um die Plaza Medinaceli, hinter der Plaza Real und der Plaza Sant Jaume. In jenem, nicht mehr gotischen Barcelona gibt es immer noch Gassen mit schlecht ausgeheilter Schwindsucht, trägen alten Handwerkern und spielenden Kindern zwischen Rekonvaleszenz und Schulpflicht. Er erinnert sich an das junge kommunistische Ehepaar und an die Zeugen, die in die nutzlose Befragung eingewilligt haben, und er sieht sich selbst, den Blick durch Vorurteile verstellt, befangen in einer Routineuntersuchung. Er beschließt sein weiteres Vorgehen.

Zweifelsohne der klassische Fall einer progressiven Schule, gegründet von einer progressiven Elterninitiative, um eine neue Generation von Progressiven heranzuzüchten, die ihrerseits das Überleben der moralischen Rasse bis weit über das Jahr zweitausend hinaus sichern soll. Die Unterhaltung erfordert daher einen deutlich moralischen Ton, und er nimmt einen moralischen Gesichtsausdruck an, als der ältere der beiden Capdevilas an der Tür des Klassenzimmers auftaucht und in den diesigen Morgen hinaus auf den Schulhof dieser progressiven, von einer progressiven Elterninitiative geleiteten Schule stürzt, die die Fortdauer dieser erlesenen Spezies sichern soll.

«Für mich ist es ein moralisches Problem. Ich kann nicht weiterhin Ihr Geld ausgeben und meine Zeit vertrödeln.»

Der Mann geht neben Carvalho über den Hof. Die Kinder

genießen die außerplanmäßige Pause, und ab und zu wendet sich eins von ihnen mit einer Klage oder einer Frage an seinen Lehrer. Er antwortet mit Anteilnahme und wendet sich dann wieder seinen eigenen Sorgen zu, perfekt in einem doppelten Verhalten geübt.

«Ich gebe nicht auf. Der Zustand meines Bruders ist äußerst bedenklich. Er wird noch verrückt werden, wenn er es nicht schon ist.»

«Die Erklärung der Krankenschwester ist richtig. Ihr Bruder hatte die Geschichte von dem Unfall und den Erscheinungen unbewußt im Gedächtnis gespeichert. Stellen Sie sich vor, wie oft er in seiner Kindheit ähnliche Geschichten gehört haben mag! Ich erinnere mich noch an die von den Schlangen, die aus dem Mund eines Sünders krochen, als er sich seinem Beichtvater anvertraute.»

«Das ist möglich.»

Ein musikalisches Signal ertönt.

«Ich muß zurück in die Klasse.»

«Ich will Sie nicht entmutigen, aber es könnte sich um kollektive Suggestion handeln.»

«Für mich klingt das nach einem Vorwand, aber ich verstehe Ihre Gründe.»

«Ich verstehe sie nicht, denn ich könnte Sie weiter im ungewissen lassen, um die Untersuchung und die Rechnung zu rechtfertigen. Begreifen Sie das?»

«Sie brauchen sich nicht zu rechtfertigen. Es scheint mir anständig, was Sie tun.»

«Ich hasse das Wort ‹anständig›.»

«Nennen Sie es, wie Sie wollen!»

«Rational.»

«Also gut, rational.»

«Aber wozu soll *ich* mich rational verhalten? Sie müssen das tun, und ich lese in Ihren Augen, daß Sie entschlossen sind, in diesem Chaos weiterzumachen.»

«Das ist dann meine Sache. Ich schicke Ihnen einen Scheck mit Ihrem Honorar.»

«Dafür, daß ich nichts herausgefunden habe, werde ich nichts nehmen.»

«Es handelt sich ja um Gespenster.»

«Ich gehe nicht auf Gespensterjagd. Mir fällt ein letztes, selbstmörderisches Mittel ein. Wenden Sie sich an einen Parapsychologen! Ich glaube nicht an diese Dinge, aber mir scheint, es ist das letzte, was Sie tun können, bevor Sie das Handtuch werfen.»

«Ich werde Ihren Rat befolgen.»

Der Lehrer ist in den folgenden Unterrichtsstunden dieses Vormittags kaum bei der Sache. An seinem Herzen nagt ein tiefsitzendes Ohnmachtsgefühl, und im Kopf sucht er nach einer Idee, die ihm erlaubt, einen Schritt über den Vorsatz des Weitermachens hinauszugehen. Plötzlich wird ihm klar, daß die Tür, nach der er sucht, schon offensteht; er läßt einen Schüler mit dem Satz des Archimedes auf den Lippen stehen und läuft ins Obergeschoß, wo die Zeichenlehrerin die Stricheleien eines Schülers korrigiert, der einen ausgestopften Adler abzeichnen soll. Der Schüler bleibt ohne Lehrerin allein mit dem stummen Adler zurück, während Capdevila die Frau in einen Winkel des Klassenzimmers zerrt und sie ausführlich über die Erscheinung, seinen Bruder und seine Schwägerin informiert. Die Zeichenlehrerin verfügt über seltene Fähigkeiten: Sie ruft Geister mit Hilfe von Gläsern auf der Tischplatte und kann mit einem Finger einen Stuhl mit Paca Bienzobas hochheben, der naturwissenschaftlichen Lehrerin mit neunundachtzig Kilo Lebendgewicht, die schlecht auf eine Körpergröße von einem Meter und neunundfünfzig Zentimetern verteilt sind. Aus ihrem besonderen Wissen schöpft sie den Wahrspruch:

«In diesem Moment sendest du Strahlen aus, die denen deines Bruders verwandt sind. Nur du bist in der Lage, willentlich den Weg zu ihr zu finden. Jedes andere Zusammentreffen wäre eine Frucht des Zufalls oder der Wille des Gespenstes.»

«Aber sag mir, daß wir nicht verrückt sind! Sag mir, daß ich keinem Kinderstreich auf den Leim gehe!»

«Was geschehen ist, ist geschehen und entbehrt jeder Logik,

aber nicht, um eine Erklärung zu suchen, das wäre unmöglich, sondern um es so anzunehmen. Du mußt dich von der Möglichkeit durchdringen lassen, andernfalls stößt du selbst das Mögliche ab, wie diese Farben, die das Wasser abstoßen.»

Später hieß es, der Lehrer sei zwei Tage lang nicht in der Schule aufgetaucht und habe sich zu Hause kaum blicken lassen. Dagegen wurde die Strecke der Landstraße vor und hinter der Todeskurve von seinem ausdauernd hin und her fahrenden Pkw belebt.

Im Kopf erlebt der Mann die Landschaft rechts und links, wie man nur die Hoffnung erlebt, im Westen oder Osten das Paradies zu finden, auf Backbord oder Steuerbord. In seiner Einsamkeit eines Gespensterjägers fühlt er sich fiebrig und fährt sich mit der Hand immer wieder über sein eigenes Gesicht, von dem stündlich wachsenden Bart bis zu den Augen, die müde sind, über die Wirklichkeit hinauszuschauen, und über den teigig gewordenen Mund – vom vielen Rauchen und der kärglichen Kost aus Wurstbrötchen und Cola, die ihm der Kellner des nächsten Gasthauses in Abständen serviert. Obwohl sein Scheitern offenkundig zu sein scheint, ist er innerlich der Überzeugung, sein Lohn werde nicht auf sich warten lassen. Seine Augen suchen nicht, sondern sind vielmehr davon überzeugt, daß sie finden werden. Und tatsächlich! Am dämmrigen Horizont erfassen die Scheinwerfer den Körper einer Frau, die das Zeichen zum Anhalten gibt. Das Gesicht des Fahrers zeigt keinerlei Überraschung. Langsam bringt er den Wagen zum Stehen. Es ist die Frau, die er erwartet.

«Fahren Sie nach Barcelona?»

«Ja.»

«Können Sie mich mitnehmen?»

«Selbstverständlich.»

Mit sicherer Hand läßt er den Motor wieder an und vergewissert sich mit einem knappen Seitenblick, daß die junge Frau noch da ist. Aber sein Fuß schwankt zwischen Bremse und Kupplung, während der Kopf nach einem Gesprächsanfang sucht, der Gespenstern Vertrauen einflößt. Wie beginne ich eine Unterhaltung mit einem Gespenst? Ich habe dich gesucht… Oder: Du mußt dieselbe sein, die neulich mit meinem Bruder und meiner Schwägerin mitfuhr… oder… Aber der Ort, wo er die Frau getroffen hat, ist nicht sehr weit von der Todeskurve entfernt, und diese Entfernung ist Zeit, die es zu nutzen gilt, bevor… bevor sie zu ihm sagt: «Bitte passen Sie auf! Bremsen Sie bitte! Gleich kommt die Todeskurve.»

«Sind Sie oft auf dieser Landstraße unterwegs?»

Sie antwortet nicht, schaut ihn aber an, als sei sie im Besitz einer Wahrheit, die er nicht kennt.

«Es kommt mir so vor, als hätte ich Sie hier in der Gegend schon gesehen.»

Sie betrachtet jetzt die Landstraße, die vor ihnen liegt, und lädt ihn ein, loszufahren, damit sich alles wie vereinbart erfüllt.

«Sie sagten doch, Sie wollen nach Barcelona? Haben Sie etwas dagegen, wenn wir an einem Gasthaus anhalten und etwas trinken?»

«Fahren Sie, wohin Sie fahren müssen!»

Er folgt ihrer Aufforderung und legt den Gang ein. Er spürt seinen Arm, der den Schaltknüppel betätigt wie eine hohle Röhre, die nicht ihm gehört. Langsam setzt sich der Wagen in Bewegung und bleibt so langsam, teils, um Zeit zu gewinnen, aber auch, weil sich seine Arme jetzt so leer anfühlen wie das Bein, das das Gaspedal bedienen soll – als raube ihm das Gehirn die Kraft und wolle die Erfüllung des vorausgeahnten fatalen Schicksals verhindern.

«Sie haben meine Fragen nicht beantwortet.»

«Fahren Sie, wohin Sie fahren müssen!»

Er ist denselben Weg so oft entlanggefahren, daß er die Kilometersteine und die Bäume zählen kann, die ihn noch von der Kurve trennen, und er erlebt es wie einen Countdown, mit dem sicheren Gefühl, anhalten zu können, wenn er wollte, am Straßengraben bremsen zu können, um vor sie hinzutreten und sie zu demaskieren: Du existierst gar nicht, du bist unwirklich! Wohin willst du? Wohin führst du mich? Aber einem so vagen, unkonkreten Impuls will er nicht nachgeben. Wie von einem gefräßigen Tunnel eingesogen dringt der Wagen in eine eigenartige Nacht vor, deren ruhige Stille nicht einmal der Motor mit seinem Lärm durchbrechen kann. Ab und zu mustert er sie, die aufmerksam das erleuchtete Feld beobachtet, das die Scheinwerfer auf dem Asphalt vorausschicken, und sieht nach, ob sich ihr Gesichtsausdruck verändert. Aber sie beobachtet den Weg wie eine Expertin, ohne etwas anderes als die Augen und die Lippen zu bewegen, die eine Bemerkung vorzubereiten scheinen. Ernst, reglos das sanfte, entspannte Gesicht. Plötzlich bewegen sich ihre Lippen. Es ist das einzige, was sich in ihrem Gesicht bewegt, dessen Augen jetzt die einer Blinden zu sein schienen.

«Bitte passen Sie auf! Bremsen Sie! Gleich kommt die Todeskurve!»

Er führt aus, was er geplant hat. Er bremst und faßt mit einer Hand das Steuer, aber mit der anderen packt er ein Handgelenk der jungen Frau. Sie erschrickt, schreit aber nicht, sondern kämpft, um sich aus seinem Griff zu befreien.

«Nein, du wirst nicht weglaufen! Wenn du gehst, gehe ich mit, und wenn es in die Hölle ist!»

Das Handgemenge wird heftiger. Der Wagen fährt in die Kurve. Die junge Frau stößt einen Angstschrei aus. Er versucht, den Wagen wieder unter Kontrolle zu bringen. Es gelingt ihm nicht mehr. Der Wagen prallt gegen einen Baum und bleibt umgedreht auf einem Acker liegen.

Carvalho klingelt an ihrer Tür, ohne sich vorher telefonisch angekündigt zu haben, betritt grußlos die Wohnung und geht auf die Terrasse hinaus, um einen freien Blick zu haben. Auf der einen Seite sieht er den Hafen, auf der andern das Labyrinth des Barrio Chino, zerschnitten von dem mißlungenen Versuch einer Hauptverkehrsader, über die die üblen Dünste aus den Gassen des wohlriechenden Geschlechts und der Unterwelt abziehen. Wenn Carvalho das tut, heißt es, daß er unter einem schlechten

Stern steht und etwas in seinem Herzen zerbrochen ist. Charo holt dann die beste Flasche Malt Whisky, die sie im Haus hat, gießt ein halbes Glas ein, fügt dem Balsam drei Eiswürfel hinzu und reicht es ihm. Er braucht eine halbe Stunde, um es in kleinen, langsamen Schlucken zu leeren. Dann hat er sich wieder gefaßt und beginnt, laut zu erzählen, was mit ihm los ist; zunächst mit der Härte eines Menschen, der sich angegriffen fühlt, dann mit immer mehr Selbstironie, um schließlich das Selbstgespräch mit einer Einladung zum Abendessen zu beenden, hier, in Charos Wohnung oder bei ihm in Vallvidrera. Das Abendessen wird gewöhnlich mit einem Liebesakt beschlossen, zu dem Carvalho die Anatomie und Charo das Wissen und die Kunstfertigkeit einer Frau vom Fach beisteuert, die in diesen Kunden verliebt ist, der stets unerwartet, aber immer wieder kommt und gratis bei ihr verkehrt. Heute ist keine Ausnahme. Aber Charo hat Schwierigkeiten, eine Geschichte zu verstehen, die ihr beim bloßen Zuhören unzusammenhängend scheint. Eine Geschichte mit einer blassen Blondine in der Hauptrolle, die auf Landstraßen auftaucht und wieder verschwindet und Rationalisten ein Licht aufsteckt.

«Ausgerechnet denen mußte ich über den Weg laufen, Charo, und ich kann nichts tun! Ich hatte in Bangkok mit dem harten Kern der Unterwelt zu tun, ich habe bei der CIA den bezahlten Killer gespielt und an Verschwörungen gegen Franco teilgenommen; aber ich kann gegen Gespenster nichts tun, weil ich nicht an sie glaube. Ich glaube nicht an sie, und sie haben mich kleingekriegt.»

An diesem Abend hat Pepe Lust darauf, nach Vallvidrera hinaufzufahren und bittet sie, nur eine Pelzjacke zu tragen, irgendeinen Pelz. Carvalho liebt es ab und zu, wenn Charo ihren nackten Körper nur mit einer Pelzjacke bedeckt. Dann schaut er sie an und denkt an die Möglichkeit der Phantasie, ohne sich hineinfallen zu lassen – als stecke er einen Fuß, nur einen, in ein Morastloch. Er ist so niedergeschlagen, daß er nicht einmal etwas kocht; sie haben am Berg bei «Seamon» angehalten, um eine Gemüsetorte, eine Dose Lachskaviar, eine halbe Tortilla mit Erbsen und Lendenschinken zu kaufen. Zum Trinken öffnet er einen eisgekühlten Sekt, Mestres «brut nature», und trinkt gieriger, als er ißt.

«Gibt es heute auch kein Buch?»

«Was meinst du damit?»

«Du bist auch nicht mehr der, der du mal warst. Willst du heute kein Buch verbrennen?»

«Das hat gerade noch gefehlt.»

«Nein, nicht weil ich was gegen Bücher habe, es ist nur, um dich aufzumuntern.»

«Du hast recht. Heute verbrenne ich ein Schwergewicht, eine echte Verschwörung gegen die Freiheit der Anschauung.»

Aber er braucht ziemlich lange, um sich zu entscheiden, und schwankt zwischen Unlust und dem Zweifel, ob er schon Sklave einer Rolle ist, die von ihm erwartet wird. Die Last der Verbindlichkeit. Es gibt keine kleinen oder großen Verbindlichkeiten. Sich festzulegen ist beschissen. Aber er ist es Charo schuldig, wenigstens ein Minimum seiner Rolle zu spielen, und so geht er zu den Regalen, wo er einen Band von Lukacs' *Ästhetik* auswählt. Er nimmt ihn auseinander, reißt die Blätter heraus und legt sie als Grundlage für das Feuer in seinen Hauskamin, das er entfachen will. Charo hat sich auf ein Sofa gelegt, zieht sich mit den Zehenspitzen die Schuhe aus und nimmt die Ohrringe ab.

«Magst du Frauen mit Ohrringen?»

«Was hast du gesagt?»

«Junge, komm auf den Teppich! Ich habe dich gefragt, ob du Frauen mit Ohrringen magst!»

«Ich achte nie darauf, ob sie welche tragen.»

«Dann wirst du noch mehr als einer das Ohr aufreißen.»

Carvalho beugt sich über das Kaminfeuer, und nach einer Weile kuschelt sich die in ihrer Pelzjacke halbnackte Charo von hinten an ihn und legt ihre Arme an seine Brust.

«Was ist los mit meinem Pepe? Warum bist du so ernst?»

«Es ist nichts.»

Aber sie hat recht. Carvalho ist verstimmt. Er starrt ins Leere und beantwortet Charos Schmeicheleien wie ein Aufziehtier.

«Warum liebst du mich nicht ein bißchen?»

Sie lieben sich ein bißchen. Aber Carvalho ist weit weg. Er blickt erstaunt zur Zimmerdecke, als hätte er sie gerade eben erst entdeckt. Ab und zu schläft er ein, um im nächsten Augenblick wieder aufzuwachen. Später schläft er tiefer, und erst Charos Rufen weckt ihn.

«Wach auf, Pepe! Es klingelt.»

Mit verquollenen Augen und trockenem Mund geht er zur Tür und schickt ein «Ich komm schon» voraus. Aber er biegt ab in die Küche, holt den Krug mit dem gekühlten Wasser und nimmt einen langen Zug daraus, der ihm die Pyjamajacke naß macht. Vom Fenster aus sieht er, wer geklingelt hat. Die Guardia Civil.

«Es kam, wie es kommen mußte. Die Welt ist voller Idioten.»

Carvalho nickt und überläßt seinen Körper dem Geruckel des Zivilgardistenjeeps, der sie zum «Tatort» bringt. Der Sargento ist auf abstrakte Weise beleidigt, obwohl jeder einzelne im Jeep, sogar er selbst, sich als bevorzugtes Objekt seiner Wut fühlen kann.

«Können Sie mir mal verraten, warum sich die ausgerechnet diesen Winkel der Welt aussuchen, um mir auf den Sack zu gehen? Es gibt doch wirklich genug andere Straßen in diesem Land!»

Carvalho schließt die Augen und denkt an den Satz aus einem Gespräch mit Carlos Capdevila.

«Ich will Sie nicht entmutigen, aber es könnte sich um kollektive Suggestion handeln.»

«Für mich klingt das nach einer Ausrede, aber ich verstehe Ihre Gründe.»

Der Sargento zieht die Bilanz seines Lebens und seiner beruflichen Laufbahn. Was ihm gefallen hat, waren die Hühnerdiebe der fünfziger und die Autoknacker der sechziger Jahre. Denen konnte man die Finger an die Kante des Türrahmens halten und dann die Tür zuschlagen. Die haben gesungen, und wie!

«Aber ich habe nicht deshalb Karriere gemacht, um hinter Gespenstern herzulaufen. Finden Sie nicht auch?»

«Es sind schwierige Zeiten.»

«Alles ist außer Rand und Band!»

Der Jeep hält neben dem Baum, gegen den der Wagen geprallt ist. Hinter den Bäumen, auf dem Acker, liegt das umgestürzte Auto; im Straßengraben verhüllen Decken zwei Körper. Die Guardia Civil geht voraus. Der Sargento hebt behutsam eine Decke hoch, und der tote Lehrer kommt zum Vorschein. Carvalho nickt. Sie gehen zu der anderen Leiche und wiederholen den Vorgang. Eine Tote. Ihr Gesicht wirkt gelassen.

«Sieht sie so aus wie die junge Braut, die in dieser Kurve ums Leben kam?»

Der Sargento scheint in Gedanken versunken, als er aufsteht und antwortet: «Nein. Äußerlich sehen sich die beiden ähnlich, aber das hier ist eine Unbekannte, die ohne Papiere unterwegs war.»

Carvalho schaut der Toten ins Gesicht und lächelt flüchtig. Das Lächeln der Toten scheint ihm zu antworten.

Der fliegende Spanier

Es ist eine alte Geschichte, wenigstens so alt wie die des Ursprungs der Beziehung des Meeres zu den Kanariern. Schiffe laufen aus und kommen zurück; einige von ihnen sind allerdings zum Opfer ausersehen, die den andern das Recht auf Rückkehr erkaufen. Fischkutter, die in den Gewässern um den Archipel herum fischen, und Fangschiffe, die nach Süden und sogar um das Horn von Afrika herum in den Indischen Ozean fahren. Legendäre Namen für diejenigen, die nur mittels ihrer Phantasie oder der Fiktionen der Schriftsteller und Regisseure reisen. Für die Fischer dagegen sind diese Namen eng mit ihrem Leben verbunden, die Fixpunkte ihres Alltags. Die Strömungen tragen sie nach Süden oder Norden, aber die Rauhheit der europäischen Gewässer, in die sie mit dem Kanarienstrom gelangen, nötigt sie, sich nach Süden zu orientieren: zum Guineastrom und seiner Begegnung mit dem äquatorialen Gegenstrom, bis zu dem Punkt, wo sich die geheimen Bahnen mit dem Benguelastrom treffen, der aus der Antarktis heraufkommt. Die alltägliche Großtat, ihren Lebensunterhalt auf dem Rücken von Ozeanen zu verdienen, die nicht für menschliche Dimensionen gemacht sind, ist kaum literarisch gewürdigt worden. Und wenn Fischer erzählen, daß das Meerwasser in Höhe der Kongo-Mündung zwölf Meilen weit süß ist und dreihundert Meilen weit nicht die eigentliche Färbung von Meerwasser hat, wollen sie sich vor keinem großtun, sondern erklären lediglich Dinge, die zu ihrer Erfahrungswelt gehören. Während der Regenzeit (Oktober bis Mai) ist die Strömung des Kongo sehr stark, führt Landstücke und Gestrüpp mit sich und bildet kurzlebige Inseln, die auf die hohe See hinaustreiben. Wenn ein kanarischer Fischer erzählt, daß einige dieser ephemeren Inseln bis zu hundert Meter Länge erreichen und den Schiffen ebenso gefährlich werden können wie die Eisberge im Nordatlantik, muß man ihm glauben. Reste dieser schwimmenden Inseln haben sogar die Insel Annobón erreicht.

Schiffe können an jedem Tag auslaufen, vorausgesetzt, der Wind steht richtig; aber Fangschiffe der Hochseefischerei, die weit hinaus fahren, haben ihre festen Termine wie die Fabriken und Handelsketten. Trotzdem gehört die Aufregung der Seefahrt, des Auslaufens und Heimkehrens auf die eine oder andere Weise zum gleichen Ritual der Hoffnung. Die Abfahrt der Fischer aus dem Hafen von Santa Cruz de Tenerife wiederholt sich immer wieder. Routinemäßige Rufe und Bewegungen, Gelassenheit gegenüber dem alltäglichen Abenteuer, sogar eine scheinbare Trägheit, die nichts anderes ist als die Ausführung präziser Bewegungen zum richtigen Zeitpunkt. Taue losmachen, Geräte vorbereiten; auf die Unendlichkeit des erwarteten Meeres gerichtete Männeraugen, während die Schiffe sich immer mehr vom Land entfernen. Später, bereits auf hoher See, die typische Fangarbeit, jedes Schiff auf seinem Gebiet und jeder Mann an seinem Platz. Stunden oder Tage vergehen, und die Fangschiffe machen sich auf den Heimweg. Die Flotte zerstreut sich übers Meer; jeder strebt dem sicheren Hafen zu. Schließlich die Hafeneinfahrt, das langsame Einlaufen, die Suche nach dem richtigen Anlegeplatz, wartende Familienangehörige, Fischaufkäufer. Die Fischer trennen Fische und Abfall und verteilen sie nach Familien. Aber es gibt jemanden im Hafen, der keine Ruhe hat, für den die Ankunft nicht normal war. Es ist eine Gruppe von Familienangehörigen, vor allem junge und alte Frauen, Kinder, auch der eine oder andere Mann. Sie schweigen und fragen das Meer, tauschen Blicke; die Minuten vergehen, jetzt sind es alle, die den Horizont absuchen, die Angehörigen und die Fischer, wie um der atlantischen Unendlichkeit eine ahnungsvolle Frage zu stellen. Endlich begibt sich die

Gruppe von Angehörigen zur *Comandancia de Marina*. Vom Hafen aus sieht man, wie sie sprechen, sogar streiten. Schließlich wählt drinnen in einem Büro ein höherer Dienstgrad der *Comandancia* eine Telefonnummer. Er wartet das Signal ab und sagt knapp und entschlossen: «Das Fangschiff ‹María Asunción› ist verschwunden.»

Aufgrund des Längen- und Breitengrades des rätselhaften Vorfalls hat die Nachricht Schlagzeilen gemacht.

Keine Regierung übernimmt die Verantwortung für das Verschwinden der «María Asunción». In einem Büro des Außenministeriums tauschen eine Reihe älterer und jüngerer Prominenter vor dem Bild des Königs und der spanischen Flagge Perplexitäten aus.

Eine gewichtige Stimme, die des Ministers, sagt: «Keine Regierung übernahm die Verantwortung für das Verschwinden. Weder Mauretanien noch Marokko noch Senegal.»

«Und die Polisario?»

«Auch nicht die Polisario. Allerdings sind die Begleitumstände immer noch nicht geklärt. Nicht einmal ein Hilferuf, der einen Schiffbruch oder einen Zusammenstoß mitgeteilt hätte.»

«Das heißt, das Fangschiff ‹María Asunción› wird zum Phantom, es sei denn, diese Regierungen oder die Polisario würden lügen.»

«Es ist wie ein Ufo», bemerkt der Minister.

Und ein Subalterner fügt, entschlossen, Humor in die Tragödie zu bringen, hinzu: «Ist es denn sicher, daß das Schiff überhaupt existiert hat?»

«Ganz sicher. Das beweisen die Verwandten. Sie werden aufsässig und könnten Unruhe stiften.»

Diese Mitteilung läßt weniger interessierte Gesichter alarmiert aufschauen.

«Unruhe? Warum? Welche Schuld trägt die Regierung daran, daß ein Fangschiff beschließt, den Fliegenden Holländer zu spielen?»

«Die Regierung ist immer schuld, wenn etwas schiefgeht.»

«Auch wenn etwas verschwindet?»

«Auch dann», erklärt der Minister, in strengem Ton, um die übertriebene Frivolität seines Untergebenen zu bremsen. Er bedenkt ihn sogar mit einem stummen,vorwurfsvollen Seitenblick. Verharmlosende Bemerkungen füllen die vier Wände und bleiben folgenlos; aber sie entschlüpfen auch einem jungen Technokraten, der sich mit einem Journalisten unterhält, und dann müssen Kleider zerrissen, Fäuste an die Brust geschlagen und Eide geschworen werden, daß das Ministerium alles Mögliche und Unmögliche unternehmen wird, nicht anders, als befinde sich die Mutter des Regierungschefs persönlich an Bord der «María Asunción».

«Haben Sie die Spitzel mobilisiert?»

«Bis jetzt unterhalten wir nur ständige Kontakte zu den Botschaftsattachés.»

«Was für Botschaftsattachés? In Afrika haben wir keine Botschaften, hier schimpft sich alles Botschaft. Bevor alles noch komplizierter wird, setzen Sie die Informanten in allen afrikanischen Häfen der Westküste auf die Sache an! Jede Information, so unbedeutend sie auch scheinen mag, kann von Nutzen sein!»

Der Tag der Kabinettssitzung rückt näher, und der Amtsträger des Außenministeriums wird, wie die Presse mitteilt, über das Schicksal der «María Asunción» zu berichten haben. «Wird zu berichten haben», zischelt der Minister vor sich hin und spuckt die Wörter aus. Er kann sich schon das Gesicht des Wirtschaftsministers vorstellen, sarkastisch und provokativ, wie er darauf wartet, die Früchte einer Niederlage des Außenministers zu ernten und ihn zu zwingen, Kopf und Stimme zu senken, wenn irgendein Thema zur Sprache kommt, das sie beide betrifft.

«Ich muß bis zur Kabinettssitzung etwas in der Hand haben.»

Er hat bereits ein Warnsignal des Regierungschefs erhalten. Die Geschichte mit dem Fischkutter dürfe nicht auf die lange Bank geschoben werden, hatte er zu ihm gesagt, aber beiläufig, zwischen zwei wichtigen Gesprächsthemen, den Beitrittsverhandlungen mit der EG und einer unverschämten Reaktion des nordamerikanischen Botschafters auf die Proteste gegen die US-amerikanischen Einfuhrbeschränkungen für spanische Schuhe. Während der Sitzung würde es anders sein. Dieser große Hurensohn wird mich vor dem Präsidenten bloßstellen, wie kürzlich auf dem Empfang der belgischen Botschaft, als ich mit der ältesten Tochter des Botschafters schäkerte. Er kam her und sagte zu ihr: «Ich weiß gar nicht, warum Sie Ihre Zeit mit unserem ältesten Minister vertrödeln, wo Sie doch so viele junge Minister zur Auswahl haben.»

Wenn ich einmal einen Unfall haben sollte, wird man sicherlich meine Brieftasche öffnen und diese Anweisungen finden: «Ich habe kein Blut in den Adern, sondern Whisky mit Soda. Bedenken Sie das bei Transfusionen! Ich bevorzuge Malt Whisky, der mindestens zehn Jahre alt ist. Dies verfügt: Juan Bettancort de Lys, Puerto de la Cruz, März 1976.» Es ist nicht notwendig, das Datum zu aktualisieren. Was vor Jahren galt, gilt auch jetzt. Die Leber hat der anhaltenden schlechten Behandlung widerstanden, jede Woche ein- bis zweimal, wenn sich der Himmel dunkelgrau bezog, böses Blut in seinen Adern zu kreisen begann und er seinen Büroangestellten, ja sogar seinem Gesprächspartner gegenüber unausstehlich wurde. Das war stets das Zeichen, daß er in dieser Nacht spät nach Hause kommen und sich durch die Hafenkneipen saufen und huren würde, auf der Suche nach einem Fremden, mit dem er sich prügeln kann – denn wenn man sich schon mit einem prügeln muß, dann am besten mit einem Fremden. Die Kellner kennen ihn schon und bringen ihm, ohne mit der Wimper zu zucken, verdünnte Whiskys, fünf, zehn, fünfzehn, soviel er aushält, bis ihm ein inneres Signal anzeigt, daß er sein Quantum erreicht hat, und er sich zu seinem Mercedes schleppt, der ihn nach Hause bringt wie ein Pferd, das von einem betrunkenen Kutscher gelenkt wird. Aber bis dahin ist die Nacht noch lang, obwohl der Alkohol in seinem Innern rumort wie eine wütende, aufgestaute Flüssigkeit und sein Anzug und seine Haut erschlafft sind.

«Hat sich die kleine Hure aus Palma nicht blicken lassen?»

«‹La Palmera› hab ich schon ein paar Tage lang nicht gesehen.»

«Also, was heute für Volk hier ist!»

Man merkt, daß wir noch keine Hochsaison haben. Nur die dicken Witwen mit den schlecht operierten Krampfadern sind unterwegs, sagt er zu sich selbst und amüsiert sich darüber, ohne daß jemand in das Gelächter einstimmt, mit dem er seinen eigenen Witz belohnt, während er am Tresen lehnt.

«Gehen Sie in die Parkanlagen! Manchmal stehen dort Amateurnutten, die viel besser sind!»

«Kannst du das beschwören?»

«Ich habe sie selbst gesehen, Mann!»

Das sagt er, um ihn loszuwerden, damit er nicht wieder jemanden provoziert, wie letzte Woche, als der Boden hinterher voller zerbrochener Flaschen und eingetrockneter Blutflecke war. Der Mann torkelt zur Tür, aber bevor er hinausgeht, schaut er sich herausfordernd um, ob einer der wenigen, die ihm nachschauen, es wagt, ihn besoffen zu nennen. Er legt eine Hand auf den Hosenschlitz, die andere zeigt anklagend auf sie: «Das sind zwei Eier! Bietet jemand mehr?»

Niemand bietet mehr, und verächtlich dreht er sich um und geht auf die Straße hinaus, wo ihm ein Schwall kühler, feuchter Nachtluft entgegenschlägt, der nach winterlichem Meer riecht; vielleicht liegt es auch nicht so sehr am Geruch, sondern an der Konsistenz: Die salzige Winterluft ist beweglicher, als sei sie ein leichteres, schärferes Gas, das wie ein unverschämter Eindringling in die Nase sticht.

«He, Kleine! Ja, du, Kleine!»

Die Frau ist zu weit entfernt, um ihn hören zu können, und er geht schneller über den Damm zu dem durch Brücken und Kanälen domestizierten Meer, die César Manriques Phantasie entsprungen sind. Wie auf der Flucht oder wie taub verfolgt die Frau mit energisch klappernden Absätzen ihren Weg zu den Parkanlagen, als suche sie etwas Bestimmtes in dieser schönen Desolatheit, diesem Parklabyrinth, in dem sich einige Pärchen beim Rauschen der regelmäßigen, schwachen Brandung flüchtigen Kontakten widmen. Der Mann in seinem von der Trunkenheit ruinierten Geschäftsanzug ist vom Jagdfieber gepackt und interessiert sich nicht für die Freizeitlandschaft. Die Frau hat eine herrliche blonde Mähne und eine vielversprechende Kehrseite. Wenige Meter hinter ihr bleibt er stehen. «Hallo, Süße! Willst du ein bißchen *mojo picón** ?» Er trällert das Liedchen «Mojo picón», versucht, hinter den Vorhang aus blonden Haaren zu schauen, und legt der Blondine einen Arm um die Schultern. «Hättest du nicht Lust, eine unvergeßliche Nacht mit mir zu erleben?»

Die vermeintliche Frau dreht sich um und schüttelt den Arm von ihrer Schulter. Es ist offensichtlich ein Transvestit mit einem grausamen Ausdruck im Gesicht.

«Verzeihen Sie... Ich wußte nicht... Ich hatte nicht bemerkt... Also, das wollte ich nicht!»

Aber er kann nicht weiterreden. In der Hand des Transvestiten ist ein riesiges Messer aufgetaucht, das sich in den Bauch des Mannes bohrt und sein Gesicht den Verzerrungen des Erstaunens, des Schmerzes und des Todes preisgibt.

Wieder ein neuer Tag. Wieder kommen die Schiffe an, aber nicht mit der Stumpfheit der Routine, sondern mit einer gewissen kollektiven Unruhe, aus der sogar einzelne von Panik verzerrte Gesichter auftauchen, als sich die kollektive Unruhe individualisiert.

«Ich habe es gesehen, als wär's dein Schiff!»

«Ich auch.»

«Ihr habt Gespenster gesehen.»

Eine Diskussion entbrennt, besser gesagt, eine dialektische Auseinandersetzung unter Gehörlosen. Der Kreis der Fischer weitet sich, öffnet sich und entläßt einen grauhaarigen Mann, der mit müdem Schritt und besorgter Miene auf das Gebäude

* kanar. Spezialität: scharfe Paprikasoße

der *Comandancia de Marina* zusteuert. Derselbe Beamte, der das Verschwinden der «María Asunción» weitergemeldet hat, empfängt ihn, sozusagen hinter seinem Schreibtisch verschanzt.

«Wie geht's, Roque?»

«Schlecht. Ganz schlecht.»

Der Mann läßt sich auf einen Stuhl fallen, und sein Gesicht zeigt eine Mischung aus Erschöpfung und Anspannung.

«Was geht schlecht? Der Fischfang?»

«Alles. Wenn es nicht so viele gewesen wären, die es gesehen haben, würde ich glauben, wir hätten Gespenster gesehen.»

«Was habt ihr gesehen?»

Der Alte fährt sich mit einer Hand über den Bart und mustert den Beamten ironisch. «Die ‹María Asunción›.»

«Ihr Wrack?»

«Nein.»

Der Alte legt eine Pause ein, damit ihn der Beamte in Ruhe reden und die Einzelheiten des Ereignisses schildern läßt.

«Wir waren etwa hundert Meilen von der Küste entfernt; es war dichter Nebel. Ich weiß nicht, ob es wegen dem war, was mit der ‹María Asunción› passiert ist, oder weshalb es war, jedenfalls war ich ruhelos, und plötzlich tauchten mitten im Nebel die Positionslichter eines Schiffes auf, das auf uns zukam.

Wir gaben ihm die vorgeschriebenen Lichtsignale, um einen Zusammenstoß zu vermeiden, und als es näher kam, beruhigte ich mich wieder, weil es den vorschriftsmäßigen Abstand hielt. Als es auf Backbord an uns vorbeifuhr, schrie plötzlich einer aus meinem Schiff: ‹Es ist die «María Asunción»!› Dann noch andere. Auf den anderen Schiffen um uns herum heulten die Sirenen auf. Ich strengte meine Augen an, sosehr ich konnte, ich schwör's Ihnen, es war tatsächlich die ‹María Asunción› – aber als wäre sie unbemannt, keine Menschenseele an Deck. Trotzdem war jemand am Steuer, ganz sicher, denn sonst hätte sie einen von uns gerammt.»

Der Beamte sieht das Bild des beleuchteten Geisterschiffs vorüberziehen, und dann, als der Tagtraum vorbei ist, das besorgte Gesicht des Schiffsführers.

«Habt ihr Signale gegeben?»

«Jawohl.»

«Habt ihr versucht, Funkkontakt zu bekommen?»

«Unaufhörlich. Was ich schaffte, war nur, mit den andern Schiffen zu sprechen, und alle, an denen es vorbeifuhr, haben es erkannt.»

«Vielleicht war es ja bemannt, und ihr habt wegen des Nebels die Leute nicht gesehen.»

«Bemannt? Mit wem? Welches Interesse hätte eine verschollene Mannschaft daran, nicht auf die Signale zu antworten?»

Der Beamte überlegt, schüttelt dann den Kopf und zeigt dem Schiffsführer eine Zeitung. «Kanntest du den?»

Das Gesicht des Mannes, der in Puerto de la Cruz ermordet wurde, füllt die erste Seite der Tageszeitung.

«Das ist der Geschäftspartner von Don Gabriel, dem Reeder der ‹María Asunción›. Wer hat ihn umgebracht?»

«Wo ist die ‹María Asunción›?»

Die beiden Männer schauen einander an, von den Ereignissen fast überrollt und in dem Bewußtsein, eine Geschichte zu erleben, die ihnen über den Kopf wächst.

Als Roque ins Fischerviertel kommt, geht er von Grüppchen zu Grüppchen, wo die Geschichte des gespenstischen Wiederauftauchens der «María Asunción» gärt. Er hört von Angehörigen, die unter dem Eindruck der Erzählung ohnmächtig wurden, und selbst diejenigen, die das Geisterschiff nicht gesehen haben, reden davon, als sei es eine Handbreit vor ihren verdutzten Nasen vorbeigefahren.

«Ich glaube, ich habe Narciso Tejeira gesehen, den von der ‹María›, und ich rief ihm zu: ‹Narciso! Wo treibst du dich denn herum?› Aber er starrte nur auf einen Punkt, ganz bleich, ganz bleich. Trotzdem glaube ich, daß er mich erkannt hat und sich nur dumm stellte.»

«Was erzählst du da! Du warst doch im Schiffsbauch, als wir es sahen.»

«Nein, Roque! Ich war schon wieder an Deck!»

«Mach die Leute nicht verrückt!»

Roque ist so empört über die Übertreibungen, die er im Vorbeigehen mitbekommt, daß er seiner eigenen Erinnerung immer weniger Glauben schenkt und deshalb zögert, seine Geschichte zu erzählen, als die Polizei ihn auffordert, zu wiederholen, was er gesehen habe, um es zu Protokoll zu nehmen. Er tut es nur unter Zweifeln: Ich meine… Ich glaube, gesehen zu haben… Ich bin nicht sicher… in solchen Momenten setzt einer dem andern einen Floh ins Ohr, und am Schluß glaubt man schließlich gesehen zu haben, was man nicht gesehen hat.

«Aber was haben Sie denn gesehen?»

«So etwas wie ein Schiff.»

«Diese Gewässer wimmeln von Schiffen. War es die ‹María Asunción›?»

«Es sah ihr sehr ähnlich.»

«Alle Fangschiffe sehen sich ähnlich. Hatten Sie gute Sicht?»

«Nein, sie war sehr schlecht und seltsam.»

«Schlecht verstehe ich, aber seltsam nicht. Was soll das heißen, seltsame Sicht?»

«Na, das eben, seltsam.»

Sie verabschieden ihn nicht gerade liebenswürdig. Sie haben ein Ja oder Nein von ihm erwartet, und er hat die ganze Verwirrung in seinem Kopf vor ihnen ausgebreitet. Aber kaum hat Roque die Vernehmung hinter sich, setzt er nach und nach die Einzelteile seines Puzzles zusammen, und die Stücke ergeben die exakte Szene aus seiner Erinnerung. Es war die «María Asunción»! Jetzt sieht er es deutlich vor sich. Die Augen werden vertraut mit den Fangschiffen, die im selben Gebiet fischen, und auf der «María Asunción» ist fünf oder sechs Jahre lang ein Bruder von Roque gefahren.

«Wenn du es gesehen hast, habe ich es auch gesehen, Roque. Wenn du nichts gesehen hast, hab ich auch nichts gesehen. Wo der Schiffsführer ist, hat der Matrose nichts zu sagen.»

«Laß mich, mir brummt der Schädel. Scheiße, ihr habt mich ganz schön meschugge gemacht, genau wie die andern.»

Die Stammgäste aus der Kneipe von Claudio umringen ihn. Claudio war früher selbst Schiffsführer, bis ihm ein Schlepptau das Bein bis auf den Knochen durchtrennte.

«Mal sehen, ob ich das, was ich gesehen habe, auch laut erzählen kann und es mir selbst abnehme.»

«Wir hatten sieben Stunden Fahrt hinter uns, und das Meer war ruhig. Wir steuerten auf Kap Bojador zu und sahen die Spitze von Maspalomas auf Gran Canaria, als plötzlich…»

Sein langes Schweigen strapaziert die Geduld der Zuhörer. Jeder Fremde, der jetzt hereinkäme, würde sich wundern, die ganzen Gäste um einen Erzähler an der Theke geschart zu sehen. Sogar der Wirt hat aufgehört, Gläser abzuwaschen, und steht da, zur Salzsäule erstarrt, mit dem Gläsertuch in der Hand.

«Da begann im Meer so eine Art Brodeln, ja, wie ein Brodeln war es, als sei ein Vulkan darunter. Und im Nebel kam das Schiff auf uns zu. ‹Es rammt uns!› rief ich Josema zu und begann, Licht- und Nebelhornsignale zu geben. Wir wollten gerade Leuchtfeuer anzünden, als die ‹María Asunción› beidrehte und an uns vorbeifuhr, Kurs nach Norden.»

Der alte Schiffsführer läßt den Blick über die verdutzten Gesichter gleiten.

«Niemand war an Bord. Keine Menschenseele.»

Noch immer Staunen und gespannte Erwartung.

«Als sie an uns vorbei war und uns das Heck zeigte, löste sich der Nebel allmählich auf, und es wurde heller Tag, der wolkenloseste Tag des Jahres, und…»

Wieder ein Blick in die erwartungsvoll lauschende Runde.

«… das Meer hörte auf zu brodeln. Und es blieb ruhig.»

Seine Stimme ist zu einem Flüstern herabgesunken, und er hebt die flache Hand. Die gleiche Ruhe wie die des Meeres hat sich auf die Zuhörer gesenkt, bis ein ironisches Hüsteln den Bann bricht.

«Jetzt mal ehrlich, Roque. Wieviel Anis hattet ihr hinter die Binde gekippt?»

«Ich hatte nach dem Essen ein Glas Kräuterlikör getrunken, und der steigt nicht zu Kopf, es ist ein Verdauungsschnaps.»

«Er enthält Rum, und Rum steigt zu Kopf.»

«Zum Donner, ich werde wohl noch wissen, was ich getrunken habe! Und was ist mit den andern?»

«Ob Wahrheit oder Einbildung, ich fahre nicht mehr hinaus. Das hat gerade noch gefehlt, gegen Gespenster zu kämpfen! Erst die Mauretanier, dann die Polisario und jetzt Gespenster.»

Roque verläßt das Lokal, umringt von schweigsamen Begleitern. «Man muß etwas tun. Wenn das so weitergeht, geht die ganze Fischerei zum Teufel. Fehlt nur noch, daß sich die Geschichte herumspricht, und die Frauen werden uns zu Hause einsperren. Was meint ihr, was ich hätte tun sollen? Hätte ich den Mund halten sollen? Und die andern?»

«Die andern lassen ganz andere Schoten los als du, Roque. Es geht sogar die Geschichte um, daß man aus der ‹María Asunción› Stöhnen gehört hat und daß sie, als sie an euch vorbei war, in einem Abgrund verschwand, der sich im Meer auftat.»

Das war genau das, was auch der Regierungschef Tausende von Kilometern entfernt sagte, als ihm weder der Außenminister noch der Minister für Landwirtschaft und Fischfang eine befriedigende Antwort auf seine Frage nach der «María Asunción» geben konnte.

«Es bleibt uns nichts anderes übrig, als an der gesamten afrikanischen Küste Nachforschungen anzustellen, uns in Geduld zu üben und sicher zu sein, unser Bestes getan zu haben.»

Was er erwartet hat, tritt ein. Der Wirtschaftsminister rückt seine affektierte Apothekerbrille zurecht und sagt wie im Selbstgespräch: «Auf diese Art finden wir eher die ‹Titanic› als die ‹María Asunción›.»

Das Flugzeug ist auf dem Flughafen von Santa Cruz gelandet. In dem Strom von jung verheirateten Paaren oder Touristengruppen vom Festland, die ihre Taschen mit Transistorradios oder Uhren füllen wollen, geht Carvalho gedankenverloren über die

Piste zum Hauptgebäude. Alle werden von einer Schar von Leuten erwartet, die Schilder mit Namen von Personen, Hotels und Reiseunternehmen hochhalten, und Carvalho liest die Aufschriften, die man ihnen zeigt, eine nach der anderen, bis er seinen Namen findet: Carballo.

«Das schreibt man mit ‹v› und ‹lh›.»

Das ist das erste, was er zu den beiden jungen Männern sagt, die für den Zettel zuständig sind.

«Mit ‹lh› – und was soll das sein, ein katalanischer Name?»

«Ein galicischer. Er kommt aber aus dem Portugiesischen, denn im Galicischen gibt es kein ‹lh› für ‹ll›.»

Die jungen Männer betrachten ihn mit dem Respekt, den ein Linguist verdient hätte. Sie verlassen den Flughafen und steigen in einen Lieferwagen. Carvalho mustert den Innenraum und schnüffelt ausgiebig. «Riecht nach Fisch.»

«Wir sind ja auch Fischer.»

«Der Lieferwagen gehört der Fischergenossenschaft.»

Skeptisch betrachtet Carvalho die beiden jungen Männer, die ihn zu seinem Ziel bringen, und fragt schließlich: «Was und wo kann man hier essen?»

Sie antworten nur mit Verwirrung.

«Alles und überall.»

«Ich meine einheimische Sachen.»

«Die bekommen Sie überall.»

«Überall», murmelt Carvalho wie zu sich selbst. «Und eine gute *caracaja** oder *tollos*** mit Koriandersoße?»

Die jungen Männer sehen sich noch verwirrter an.

«Was soll das denn sein?»

«Kanarische Küche.»

Die Jungen machen ungläubige Gesichter, und der entschlossenere bemerkt: «Hier ißt man normal, Señor. Genau wie in Paris oder Valladolid.»

* gebeizte Kalbsleber in Essigsoße mit Knoblauch

** kanar. Speisefisch aus der Familie der Knorpelfische, zu der auch Hai und Rochen gehören

«Die Möglichkeit, in Paris oder Valladolid kanarisch zu essen, bleibt mir immer noch. Haben Sie noch nie *cerdo brujo** probiert?»

«Ich werde mal meine Mutter fragen, ob sie...»

«Aber was eßt ihr denn?»

«Was kommt.»

«Das *cerdo brujo* ist eine Art tranchiertes Fleisch mit Kartoffeln, Zitronensaft, gepreßtem Knoblauch und siedendem Olivenöl, das man darübergießt, um alles zu erhitzen.»

«Haben Sie schon mal auf den Kanarischen Inseln gewohnt?»

«Nein, aber in Venezuela hatte ich einen kanarischen Kollegen, der auf seine alten Tage ein Restaurant aufmachen wollte.»

«Also, von *cerdo brujo* habe ich noch nie gehört, und du?»

«Wenn man mir den Hamburger wegnimmt, bin ich verloren.»

Und dabei sind wir noch nicht in der NATO, denkt Carvalho. Das erste, was sie bauen werden, wenn sie uns in der NATO drin haben, werden Pipelines für Ketchup und Senf sein.

«Ich bin ja wohl nicht hier, um euch über kanarische Küche aufzuklären.»

«In der Genossenschaft wird man Ihnen alles erklären, was wir nicht wissen.»

Carvalhos Augen erobern die subtropische Landschaft, die ferne Verheißung des Orotava-Tales und des Teide mit seinem Firnschnee.

«Was haltet ihr von der Sache mit dem Schiff?»

«Na ja, alles mögliche.»

Sie beginnen zu lachen.

«Also manchmal denken wir, daß man hier zu viel säuft und dann Gespenster sieht.»

Aber das Lachen bricht abrupt ab.

«Andere Male könnten wir mit dem Kopf gegen die Wand rennen, weil mit der ‹María Asunción› Freunde verschwunden sind, Familienangehörige ...»

* wörtl.: Hexerschwein

«Mein kleiner Bruder. Es war seine erste Reise.»

Der dunklere und ernsthaftere der beiden jungen Männer bricht in Tränen aus.

Die beiden begleiten ihn zum Gebäude der Fischergenossenschaft und in einen Saal, wo der Vorstand versammelt ist. Kleinreeder und Schiffsführer. Ein alter Seemann führt das Wort, der sich als «Roque» vorstellt. Er übernimmt es auch, Carvalho und die übrigen Versammelten einander vorzustellen. Schließlich setzt man sich, und das Leiserwerden des Gemurmels gestattet, daß der Alte spricht. Carvalho hört mit offensichtlicher Distanz zu, aber er folgt den Ausführungen und horcht auf, als der alte Seemann von neuerlichen Erscheinungen der «María Asunción» berichtet.

«Beim erstenmal könnte es eine kollektive Halluzination gewesen sein. Aber es hat sich dreimal wiederholt und zu einer so angespannten Situation geführt, daß es für jeden Fischer ein Familiendrama ist, aufs Meer hinauszufahren. Die Familien jagen ihnen noch mehr Angst ein, als hätten sie selbst nicht schon genug. Ich glaube nicht an unerklärliche Dinge, und die Lösung wäre, das Schiff zu entern und nachzusehen, was los ist. Aber das traut sich keiner, und auf der *Comandancia* sagte man uns, daß es etwas mehr braucht als Schauergeschichten und Ammenmärchen, um die Küstenwache zu mobilisieren. Aber das hier ist etwas mehr als Ammenmärchen, außerdem ist da der Mord an einem der Reeder der ‹María Asunción›.»

«Und Sie sagen, das Schiff wirkt leer, wenn es vorbeifährt?»

Wache Blicke, die um ein gemeinsames Geheimnis wissen.

«Das war am Anfang. Jetzt ist es schlimmer.»

Der Redner gönnt sich eine Pause und fährt fort.

«Jetzt erscheinen Silhouetten von Männern, die sich auf die Reling stützen. Unbeweglich. Als seien sie aus Wachs. Im Nebel. Sie antworten nie auf unsere Rufe. Das ist noch fürchterlicher. Also, wir haben uns entschieden, Ihnen den Fall zu übertragen. Jemand erzählte uns von Ihnen, genauer gesagt Señor Márquez, der Vertreter des Planeta-Verlags auf den Inseln; er kommt oft nach Barcelona und hat von Ihrer Kompetenz gehört. Wir haben beschlossen, Sie anzuheuern. Die ganze Fischergenossenschaft. Entweder wird die Sache aufgeklärt, oder wir gehen unter. Wir können Gefahren trotzen und mit den Schweinereien der Mauretanier und der Regierung fertig werden. Aber wir sind nicht in der Lage, es mit Gespenstern aufzunehmen.»

Es ist, als versuche eine dunkle Macht, die Seeleute um den Verstand zu bringen. Das ist der Eindruck, den ihm der Beamte der *Comandancia* vermittelt, nachdem er die protokollarischen Hemmungen überwunden hat, sich einem so anrüchigen Profi wie Carvalho anzuvertrauen. Roque neben ihm nickt. «Jemand will uns vom Meer vertreiben, als ob wir ihm im Weg wären.»

«Womit fangen wir an?»

«Mit ein paar *papas arrugadas** mit *mojo*. Wo kann man hier kanarisch essen?»

«Ich esse zu Hause, und ich glaube, ich esse kanarisch; wenn Sie möchten...»

«Vielen Dank, aber ein Restaurant wäre mir lieber.»

«Probieren Sie ‹La Caseta de Madera›! Dort bekommen Sie guten Fisch hier aus der Gegend, Rotbrasse, *vieja*** und Fischragout mit *mojo*. Die Restaurants haben für kanarische Küche nicht viel übrig. Viele werden von Ausländern geführt. Die Leute vergessen die eigene Küche allmählich. Als ich Kind war, aß man sogar noch *sarda*.»

«Was ist das?»

«Eine Haifischart von hier. Die Gewässer hier sind sehr fischreich, weil es kaltes und warmes Wasser gibt, je nach den Strömungen. Es gibt Fische wie die Rotbrasse oder die *vieja*, die von hier sind – die *vieja* nennen wir auch Papageienfisch –, aber es

* «Runzelkartoffeln», in Meerwasser gekocht und mit einer Salzkruste überzogen
** typisch kanarischer Speisefisch

gibt auch guten Thunfisch, gute Makrelen, *bonitos* *, weißen Thunfisch, *barrilotes*, *petos* ...»

«Hören Sie auf, mein Lieber! Mir läuft schon das Wasser im Mund zusammen.»

Er erreicht, daß man ihm *papas arrugadas* macht und ihn *mojo picón* und *mojo de cilantro* ** probieren läßt. An Fisch gibt es gebratene *viejas*, aber keine Rotbrassen. Die kanarischen Weine und Käsesorten, die Carvalho in seinem Notizbuch stehen hat, hat der *maître* im Gedächtnis, aber nicht im Haus. Für Carvalho ist das ein Symptom dafür, daß die Inseln sich selbst verleugnen. Ein Volk, das weder seinen eigenen Wein trinkt noch seinen Käse ißt, hat ein schweres Identitätsproblem.

Insgesamt ist das Essen ausgezeichnet, und Carvalho sinnt im Schatten der Rauchkringel einer «Condal Nr. 6» über sein weiteres Vorgehen nach. Auf der einen Seite hat er ein Schiff voller Gespenster; auf der anderen einen toten Schiffsreeder. Er muß sich zwischen den Gespenstern und dem Toten entscheiden, und da scheint ihm der Tote immer noch greifbarer.

Die Trauerkleidung steht der dunkelhäutigen Frau gut, die sorgfältig die Ausstellung der Objekte und Bilder in ihrer Galerie anordnet. Sie prüft aus der Entfernung, ob alles gut zur Geltung kommt, und dreht sich erstaunt und erschrocken um, als sie hört, wie sich die Tür des Geschäftes öffnet und Carvalho auf sie zukommt. Als der Detektiv noch weit von ihr entfernt ist, sagt sie mit lauter Stimme: «Wir haben noch geschlossen. Haben Sie das Schild nicht gesehen?»

«Das hab ich gesehen», sagt Carvalho von weitem und kommt näher. Die Frau geht zu einem Tischchen und öffnet eine Schublade, in der nur eine kleine, tiefschwarze Pistole liegt. Die Hand der Frau nähert sich der Pistole, während Carvalho sich ihr nähert.

* Thunfischart
** Paprikasoße mit Korianderkraut

«Señora Bettancort?»

«Ja.»

Carvalho sieht von dort, wo er steht, die halb verborgene Hand der Frau und lächelt entwaffnend. «Erschrecken Sie nicht! Ich komme von der Fischergenossenschaft. Ich bin Privatdetektiv.»

«Was? Das gibt es wirklich? Ich dachte, das gibt es nur im Film.»

«Manche von uns werden am Ende des Films begnadigt und aus dem Bildschirm entlassen.»

«Bitte, erzählen Sie!» Aber ihre Hand steckt immer noch in der Schublade.

«Bevor ich beginne, schließen Sie die Schublade, und passen Sie auf, daß Ihre Hand nicht drinbleibt!»

Sie schließt hastig die Schublade. «Entschuldigen Sie! Wissen Sie, seit mein Mann ...» Carvalho hält ihr seinen Berufsausweis unter die Nase. «Jetzt sollte ich Sie wie im Film fragen: ‹Polizei?›, und Sie würden mir antworten: ‹Nein, ich bin Privatdetektiv.› Was sagten Sie gleich, aus welchem Film kommen Sie? Oder aus welchem Roman?»

«Nein, nicht aus einem Roman. Seit dem russischen Einmarsch in Prag lese ich keine Bücher mehr. Eher hat man mich aus einem Film entlassen. Zum Beispiel aus *Die Nacht ist in Bewegung*. Gefiel er Ihnen?»

«An den erinnere ich mich nicht.»

«Es geht um aztekische Idole und zwei sehr gut gebaute Zweizentnerfrauen, Susan Clark und eine Blonde mit herrlichen schweren Hängebrüsten.»

«Ich achte nicht auf die Brüste der Frauen. Wer ist der Held?»

«Gene Hackman.»

«Jetzt erinnere ich mich. Sie sind Gene Hackman?»

«So ist es, wenn es Euch beliebt.»

Carvalho ist Witwenexperte. Während seiner langen Berufspraxis hat er viele kennengelernt und klassifiziert: die trojanische Witwe, die bereit ist, sich mit dem Namen ihres Mannes auf den Lippen von den höchsten Zinnen zu stürzen; die lustige

Witwe, die mit den Begräbnisgästen anfängt Walzer zu tanzen; die distinguierte Witwe, die ihren Schmerz mit so lautem Zähneknirschen hinunterschluckt, daß jeder hören muß, daß sie ihn hat und nicht zeigt; die Kino-Witwe, die die Rolle der Witwe aus einem konkreten Film spielt, den sie gesehen hat, oder eine Synthese der verschiedenen kinematographischen Witwen, die ihr gefallen haben. Letztere sind besonders lästig, vor allem, wenn es sich um Absolventinnen der Schauspielschule «Actor's Studio» handelt, denn sie unterwerfen den Begleiter oder den einfachen Zeugen einem schwindelerregenden Wirbel körperlicher und seelischer Verrenkungen, während sie das Gespräch auf Themen bringen, die anscheinend den Kontrapunkt dazu bilden. Bei gegebenem Anlaß schilderte ihm eine Witwe aus dem «Actor's Studio» von Almacellas unter Verrenkungen der Wirbelsäule und händeringend die gesamte zweite Halbzeit des Spiels Lérida gegen Tárrega, weil ihr Sohn erster Mittelstürmer war. Señora Bettancort ist weder eine trojanische noch eine lustige Witwe, weder distinguiert noch aus dem Kino. Sie ist eine gleichgültige Witwe, die weiß, daß sie immer noch einen Körper bewohnt, den es sich anzuschauen lohnt, bekleidet und nackt. Nimmt er an.

In dem touristischen Gebäudekomplex von César Manrique in Puerto de la Cruz zu essen hat den Vorteil, daß jede eventuelle Frustration des Gaumens reichlich durch die Aussicht kompensiert wird. Puerto de la Cruz zu Füßen, hinter sich die Bananenstauden des Orotava-Tales und den feierlichen Teide, der eher zum Himmel als zur Erde gehört. Sie beobachtet, mit wieviel Neugier und Appetit sich Carvalho ans Essen macht.

«Haben Sie die kanarische Küche noch nie probiert?»

«Kaum.»

«Wie finden Sie dieses *sancocho* * ?»

* auf den Kanaren: gekochter Stockfisch mit Süß- und Salzkartoffeln mit Knoblauchsoße und Maisbrot

«Primitiv, aber hervorragend.»

«Man muß es vorbestellen. Das Eigene wird hier nicht allzu hoch geschätzt. Ich werde einmal Fisch mit Orange für Sie zubereiten. Aber das muß man zu Hause machen und sich Zeit dafür nehmen. Obwohl, ich habe jetzt Zeit.»

Sie ist melancholisch geworden, stochert lustlos auf ihrem Teller herum. Carvalho nimmt ihr die Gabel aus der Hand und führt sie zu ihrem Mund.

«Witwen, die nicht essen, erwecken ihren Mann nicht wieder zum Leben, sondern sterben selbst auch noch. Es ist der große Vorteil des Witwendaseins, daß der *andere* tot ist.»

Sie ist unschlüssig. Sie weiß nicht, ob sie Carvalhos Ausspruch als Provokation auffassen soll. Aber es ist so, denn Carvalho, der ihr immer noch die mit Essen gefüllte Gabel hinhält, lächelt sie an und sagt: «Außerdem weiß alle Welt, daß Ihr Gatte – er ruhe in Frieden – nichts taugte.»

Als er «nichts taugte» sagt, verbreitert sich Carvalhos Lächeln, wie um das Wort auf liebenswürdige Weise anzubringen, und gleichzeitig ist die Verblüffung der Frau noch größer geworden, obwohl sie nach und nach diese Anwandlung in den Griff bekommt und ein Lächeln jeden eventuellen Ärger besiegt. Sie nimmt die Ladung der Gabel an, die sich zwischen ihre hübschen Lippen zu bohren scheint und dort länger als nötig verweilt. Als Carvalho die Gabel herauszieht, wie aus einer Wunde, hört sie auf zu kauen, schluckt und nickt.

«Sie haben recht. Er taugte nichts.»

«Und wie ich hörte, hat er Sie sehr vernachlässigt.»

«Der Anfang der Geschichte liegt weit zurück; es war praktisch der Tag nach unserer Hochzeit, könnte man sagen. Ich dachte, ich hätte den selbstsichersten Mann dieser Welt geheiratet, und in Wirklichkeit war er ein Jüngling voller körperlicher und seelischer Ängste. Diese Angst hemmte mich, wie sich herausstellte, mehr als alles andere. Ich selbst war schließlich überzeugt, daß ich es war, die ihm angst machte.»

«Versuchten Sie, einen anderen Partner zu finden?»

«Selten, aber ich hab's probiert.»

«Und hatten sie auch Angst vor Ihnen?»

«Auf dieser Insel und in dem Milieu, in dem ich verkehre, jagt eine Ehebrecherin Angst ein.»

«Mit anderen Worten, Sie hatten kein angenehmes Leben. Wollten Sie andeuten, daß Ihr Gatte impotent war?»

«Er war ein sexueller Feigling, und deshalb ging er so gerne zu Prostituierten oder gab sich mit Frauen ab, die ihn ausnahmen, weil er dann glaubte ein großer Macho zu sein. Er war wie ein Junge in der Pubertät. Schlimmer, er war wie ein Kind.»

«Ein Taugenichts, ein Kind... ein schönes Phantombild des Toten! Haben Sie noch etwas für ihn empfunden?»

«Wenn er normal war, war er mir egal, aber wenn er sich wie ein Betrunkener aufführte, ekelte er mich an.»

«Der Junge hatte es schwer.»

Sie hat ihm angeboten, nach Santa Cruz zurückzukehren oder eine touristische Stippvisite zu machen. Das Geschäft kann warten, sie hat das Schild «Geschlossen» in die Tür gehängt, und hier wundert sich niemand. «Sagt ihr von der Halbinsel nicht, wir Insulaner seien gemütlich, träge Tropenbewohner? Ist das nicht der Ausdruck, tropische Trägheit? Wohl die Trägheit der altgedienten Touristen, die ohne Hektik auf Inseln leben wollen, die keine Jahreszeiten kennen und wo sich das Wetter als einzigen Wechsel den von Tag und Nacht gestattet.»

Auch sie schlendern mit der Gemächlichkeit von Leuten durch Puerto de la Cruz, die das ganze Leben Zeit haben.

«Gefällt es Ihnen?»

«Es ist merkwürdig.»

«Ein Maler von hier hat es entworfen, César Manrique. Er lebt auf Lanzarote in einem wunderschönen Haus über der Steilküste.»

«Ich meine, ich hätte ihn schon im Fernsehen gesehen.»

«Hier war es.»

Die Witwe bleibt genau an der Stelle stehen, wo der Reeder ermordet wurde.

«Nach der wohlwollenden Beschreibung des Toten, die Sie mir gaben, wundert es mich eigentlich nicht. Waren Sie bei der Beerdigung?»

«Ja.»

«Um sicher zu sein, daß er nicht wieder aufersteht?»

«Werden Sie nicht frech!»

Die Postkarten stimmen. Das stellt Carvalho fest, während er sich von ihr zuerst durchs Orotava-Tal und dann zum Teide hinauffahren läßt, bis sie an einem geeigneten Aussichtspunkt anhalten. Die Großartigkeit des Anblicks überwältigt Carvalho und ärgert ihn gleichzeitig. Jede Prunkentfaltung der Natur, die über das Budget seiner Begierden und Hoffnungen hinausgeht, erfüllt ihn mit Staunen und stört ihn.

«Die ‹Glücklichen Inseln›.»

«Das sagt ihr, die Goten von der Halbinsel, aber von Glück ist nichts zu spüren. Wir haben jede Menge Probleme damit, daß Spanien weit weg ist, aber keinen Vorteil davon, daß wir Spanier sind.»

«Sind Sie Separatistin?»

«Nein. Aber Tatsache bleibt Tatsache.»

«Hatte Ihr Mann mit Politik zu tun?»

Ein Lachanfall schüttelt den kleinen Körper des kleinen Mädchens, einen kleinen Körper, an dem nichts klein wirkt.

«Er war ganz einfach ein Lebemann.»

«Infantil, Taugenichts, Lebemann. Ich wage nicht, den Adjektiven vorzugreifen, die Sie noch im Hinterkopf haben. Wenn wir uns länger kennen, werde ich aus diesem hübschen Mund ganz sicher noch Beiwörter hören, die nicht jugendfrei sind.»

«Ich finde, es reicht schon: infantil, Taugenichts, Lebemann. Übrigens Resultate einer schlechten Erziehung. Die Familie meines Mannes war und ist sehr mächtig, und er wurde total verwöhnt. Hier auf der Insel dreht sich kein Mensch nach Sportwagen um, weil sie im Vergleich mit der Halbinsel spottbillig sind, aber die von Juanito Bettancort waren die teuersten und schönsten, die zu haben waren. Es gab keine Klatschspalte ohne Juan mit seinem Schwimmchampionlächeln in Technicolor.»

«War er Schwimmchampion?»

«Ja, früher.»

«Immerhin etwas Positives. Welchen Stil schwamm er?»

«Schmetterling.»

«Das hatte ich befürchtet.»

Ein junger Gott der Inseln, tropisch faul und blond, mit einem Siegerlächeln und alle zwei Jahre einem neuen goldenen Porsche mit Diamanten. Aber er hat sie nicht in guten Finanzverhältnissen zurückgelassen. Das Familienvermögen ist durchgebracht; zum Glück verfügt sie über eigene Mittel.

«Was erstaunt Sie so?»

«Nichts, gar nichts.»

«Doch, doch, Sie haben ein erstauntes Gesicht gemacht. Auf diesen Inseln hält sich immer dieselbe Kaste an der Macht, dank des Umstandes, daß wir untereinander heiraten.»

«Sie sprechen wie eine Soziologin.»

«Ich bin *licenciada** der Hispanistik an der Universität von La Laguna.»

«Ich hatte es schon aus Ihrem großen Wortschatz geschlossen.»

Jedesmal, wenn er mit den Augen jene frei getragenen, makellosen Brüste kitzelt, die mit ihrem warmen Reiben die Seidenbluse bestechen wollen, um freigelassen zu werden, folgt sie seinem Blick, als wolle sie ihn überwachen oder stimulieren.

«Haben Sie sexuelle Vorurteile gegenüber Leuten von der Halbinsel oder Goten, wie Sie uns nennen?»

«Ich weiß noch nicht, ob Sie ein Gote oder ein Peninsulaner sind. Ein Gote ist ein Raubtier. Ich mag keine Goten.»

«Mal ehrlich: Hat der Tod Ihres Mannes Sie überrascht?»

«Nein.»

«Warum?»

«Früher oder später mußte es so kommen. In keiner Nacht kam er vor vier oder fünf Uhr morgens nach Hause, aber jedesmal mit einem anderen Parfum.»

* akad. Studienabschluß

Sie zögert und überlegt, ob sie die Worte verwenden soll, die sie schließlich gebraucht. «Für jede Nutte und jede Nacht ein anderes Parfum. Und dabei sind die Tagesliebchen nicht mitgezählt. Er war hinter jedem Rock her. Er mußte sich ständig beweisen.»

«Also könnte der Mörder sogar der Prince of Wales im Schottenrock gewesen sein.»

Sie lacht über den Witz und schaut hinauf zum Teide. «Mögen Sie schneebedeckte Vulkane?»

«Ist das als Frage oder Metapher gemeint?»

«Juan war ein schneebedeckter Vulkan, aber ohne die Grandezza des Teide. Er war depressiv und stand kurz vor dem Bankrott. Er war Reeder und verdiente wenig mit der Fischrei, beteiligte sich aber noch an anderen Geschäften, ich weiß nicht an welchen, aber an allem möglichen. Es gab keine Schieberei auf der Insel, keine legale Schieberei, bei der er nicht die Finger drin gehabt hätte.»

«War die Flotte Ihres Mannes und seines Partners ein gutes Geschäft?»

«Ein Haufen Probleme. Vor allem seit es schwierig geworden ist, vor der Küste von Spanisch Sahara zu fischen. Dann machte ihnen der Teil der Flotte Bauchschmerzen, der zum Thunfischfang bestimmt war. Sie fuhren nach Norden, zu den Schwärmen vor der Meerenge. Ihnen wird es eine ganz einfache, elementare Sache scheinen. Aber es gibt Leute, die dafür über Leichen gehen könnten. Man glaubt, zum Fischen braucht man nur einen Stock und eine Leine, und dann steht man stundenlang am Meer und ist gespannt, ob sie anbeißen. Die Fischerei ist ein Millionengeschäft, bei dem Interessen aller Art involviert sind.»

«Wenn Sie einem Detektiv einen guten Rat geben sollten, der das Verschwinden eines Schiffes und die Ermordung Ihres Mannes untersucht – was würden Sie ihm sagen? Womit soll ich anfangen? Mit dem Mord? Mit dem Schiff?»

«Beginnen Sie mit dem Mann, der führt Sie zum Schiff.»

Carvalho sieht sie an. Sie hat die Worte mit einer gewissen Emphase ausgesprochen. Sie betrachtet den Horizont; der Wind bringt das exakte Oval ihres Gesichts zur Geltung, der ihre schwarzen, langen Haare mitreißen zu wollen scheint. Carvalho hilft ihr, ihr Haar festzuhalten, indem er eine Handvoll davon zwischen die Finger nimmt.

«Was wissen Sie?»

Die Antwort dauert eine Weile. «Nichts und zuviel.» Damit schiebt sie seine Hand weg. Sanft.

«Es ist, wie wenn man im Haus des Erhängten vom Seil spricht.»

Der Nachtclubbesitzer wiegt bekleidet zweihundertfünfzig Kilo und hundertachtzig zerlegt und ausgenommen. Der Unterschied ist mehr der Unmenge an Juwelen zuzuschreiben, die er trägt, als der spärlichen Bekleidung – einem geblümten Hemd und einem leichten weißen Tuchjackett. Jedesmal, wenn Carvalho den Namen Juan Bettancort de Lys in den verschiedenen Bars, Diskotheken oder Nachtclubs am Hafen erwähnt hat, war die Antwort ähnlich, ob sie nun fünf Sterne oder fünf Reißzwekken an der Tür hatten. Allerdings haben wenige so viel Begabung für Metaphern gezeigt wie der Dicke, der wie ein wandelnder Schaukasten von Schmuck für Ladenschwengel aussieht.

«Er war gefährlich, wenn er betrunken war, denn er legte sich mit jedem an. Und wenn er nüchtern war, war er immer noch eine Gefahr, weil er sich an nichts erinnerte, unter anderem auch nicht ans Bezahlen. Man ließ ihn gewähren, weil er aus der Familie Bettancort de Lys stammte, Reeder und Zigarrenfabrikanten.»

«Apropos Zigarren: Wo bekomme ich ein Bund handgedrehte *palmeros*?»

«Die sind selten geworden. Es gibt immer weniger freie Zigarrenhersteller. Aber Sie wissen, was Sie wollen! Das sind die besten, die man heutzutage überhaupt rauchen kann!»

Er hat die ganze Nacht vor sich und einen seltsamen Druck unterhalb der Gürtellinie – Auswirkung einer frustrierten sexuellen Vorfreude, die in Abständen von der Erinnerung an Natalias nackten Körper unter ihrer Seidenbluse oder an ihr vielversprechendes Witwengesicht belebt wird, das eine neue klassifikatorische Kategorie in seinem Bestiarium der Hinterbliebenen eröffnet hat: die Witwe Modell Teide, schneebedeckter Vulkan, ein Vulkan mit dem Bedürfnis, seine Schläfen mit Schnee zu kühlen. Nur in einem Tanzlokal sagte man ihm, Don Juan sei ein Gentleman gewesen, aber der Besitzer schien ihm ein Idiot, weshalb er die erste positive Auskunft über die Leiche mit Anführungsstrichen notierte.

«Warum er umgebracht wurde? Die Geschäfte, die Weiber. Wer soll sich da auskennen! Don Juan war sehr hinter den Nutten her, das schon.»

Don Juan war also sehr hinter den Nutten her. Wo sind die Nutten, die mit ihm im Bett waren? Kaum konkrete Hinweise. Aber er ist oft mit Noelia «La Palmera» gesehen worden.

Carvalho schlendert durch die Lichter der touristischen Nacht Teneriffas, unterhält sich mit Leuten, mit Kreaturen der Nacht. Noelia «La Palmera»?

«Zweihunderttausend Peseten hab ich noch zu kriegen.»

«Von ‹La Palmera›?»

Der verwitterte Besitzer der Cocktailbar zwinkert ihm zu und sagt mit schnapsseliger Stimme: «Nein, guter Mann, nein, von Don Juan Bettancort. Zweihunderttausend Peseten in Getränken, fast gar nichts. Und ausgerechnet hier! Wo es Tausende von Bars gibt. Die Witwe sagte mir, ich sollte mit Kassieren warten, bis ich ihn im Himmel treffe. Diese Witwe! Kennen Sie sie?» Wieder ein Zwinkern. «Eine schöne Witwe! Also, dieser windige Typ hatte jede Nacht eine andere. Hier eine Wohnung für Susi und dort eine für Lucy. Ein Junge aus gutem Hause.»

Schuhputzer, Animiermädchen. Eine von ihnen: «In letzter Zeit gingen seine Geschäfte nicht gut, aber dann plötzlich doch wieder. Es war ein Unterschied wie Tag und Nacht. Aber er machte sich Sorgen. Noelia habe ich schon längere Zeit nicht mehr gesehen. Was heißt längere Zeit, ein paar Tage.»

Noch mehr Nacht und Fauna der Nacht; danach kann er eine Zeitlang nicht richtig einschlafen, blickt zur Decke seines Hotelzimmers. Schlaflosigkeit und Nachdenken werden von einem

Telefonanruf und der unerwarteten Stimme einer Frau unterbrochen, die nicht Natalia ist.

«Ich glaube, Sie haben mich die ganze Nacht gesucht. Ich bin Noelia ‹La Palmera›. Warum wollen Sie mich sehen?»

«Ich brauche eine Information.»

«Bezahlen Sie?»

«Warum nicht.»

«Wann? Wo?»

«Geht es jetzt gleich?»

«Ja, das geht.»

«Ich erwarte Sie im Zimmer 634 im Hotel Mencey.»

Der Anruf muß aus demselben Hotel oder aus nächster Nähe gekommen sein, denn es dauert nicht lange, bis «La Palmera» anklopft und das Zimmer mit ihrem faltenreichen Körper und ihrem Gesicht eines Südseemädchens in Besitz nimmt, das sich für einen belgischen Maler vom Perlenfischen zurückgezogen hat.

«Na gut. Unterhalten wir uns vorher oder hinterher?»

«Ich ahne schon, daß du eine gute Gesprächspartnerin sein wirst.»

«Das ist meine Spezialität. Alle meine Klienten vergöttern mich, denn ich lasse zuerst sie sprechen, und dann spreche ich, und zwar sage ich meine ehrliche Meinung; ich mache vor nichts halt, wenn ich denke, daß es zu ihrem Besten ist.»

«Was hast du Juan Bettancort geraten?»

«Daß er immer bis hundert zählen soll, bevor er etwas tut. Juan, du bist einfach zu impulsiv! Du mußt bis hundert zählen, immer bis hundert!»

«Keine schlechte Idee!»

«Bist du sicher, daß du nicht vorher vögeln willst? Da, schau dir meine Titten an! Wenn du willst, gehören sie dir.»

«Vielen Dank, aber ich weiß nicht, wohin damit. Ich habe nur einen kleinen Koffer dabei.»

«La Palmera» lacht herzlich. «Der Wirt vom Concorde und vom Machu-Pichu und vom Gipsy haben mir gesagt, daß du mich suchst. Hör mal, du bringst mich ins Gerede mit deinem vielen Herumgefrage. Man hat mir geraten, mich ein paar Tage vom Geschäft zurückzuziehen. Hier laufen eine Menge krankhafte Typen herum, und es war bekannt, daß Juan einer meiner Lieblingskunden war.»

«Wer hat dir den Rat gegeben?»

«Eine Menge Leute.»

«Die Polizei?»

«Nicht nur die Polizei.»

«Und jetzt hat man dir geraten, mich zu besuchen.»

«Ich kam, weil ich von tausend Leuten hörte, daß du mich suchst. Hör mal, Süßer, wenn wir nicht vögeln, kassiere ich für meine Zeit.»

«Wieviel ist deine Zeit wert?»

«Manchen fünf-, manchen zehntausend.»

«Ich gehöre zu denen mit fünftausend. Vor allem bei Gesprächen. Ich finde, das ist gut bezahlt.»

«Na, dann los, Liebling, jetzt ist nicht die Zeit für überflüssige Bemerkungen.»

Sie kassierte und sprach. Für sie war Juan ein Opfer seiner selbst. «Man kann das Schicksal nicht Nacht für Nacht herausfordern. Prügeleien und Mädchen, ohne zu bedenken, daß man dich eines Tages in eine Falle lockt und dir die Peseten abnimmt, so wie es ihm passiert ist; als man ihn fand, war er total blank, nicht mal die Kreditkarten hatte er noch... Ich habe irgendwie Angst, weil es bekannt war, daß Juan zu mir gehörte; deshalb habe ich auf Don Gabriel gehört, als er mir sagte, ich sollte ein paar Tage verschwinden.»

«Wer ist Don Gabriel?»

«Der Geschäftspartner von Juan.»

«Teilten sie sich noch mehr als das Geschäft?»

Sie stemmt mit Siegerpose ihre Hand in die gebirgigen Hüften. «Hier gibt es eine Menge zu teilen, Süßer. Aber mit Don Gabriel unterhielt ich mich vor allem, denn wir berieten uns, wie wir am besten mit Juan umgingen. Juanito war wie ein großes Kind.»

Am nächsten Tag ein mittelmäßig komfortables Büro, ein Büro, dessen Glanzzeiten zwanzig Jahre zurückliegen, maßgeschneidert für einen Mann um die Vierzig, der alles unter Kontrolle zu haben scheint, nach der Art zu urteilen, wie er der Sekretärin die Arbeit zuweist oder Anrufe entgegennimmt.

«Wie ich sehe, sind Sie sehr beschäftigt. Ich nehme an, die ganze Arbeit Ihres Partners bleibt jetzt an Ihnen hängen.»

Der Mann lächelt ironisch. «Die, die er tat, und die, die er nicht tat. Theoretisch widmete er sich der Öffentlichkeitsarbeit, aber er gab den privaten Verbindungen den Vorzug. Ich habe als Sozius kein Glück.»

Ein Anruf. Seine Miene wird ernst. «Ich verstehe. Ja. Ich komme, sobald ich kann. Rufen Sie den Gouverneur an!»

Er hängt auf und seufzt resigniert. «Es war zu erwarten.»

«Was ist passiert?»

«Die Flotte weigert sich, auszulaufen. Es herrscht Panik. Dieses Schiff, die ‹María Asunción›, hat alles in Angst und Schrekken versetzt. Das ist das Ende. Es ist besser, das Handtuch zu werfen. Ich mache das alles hier nur noch aus Sentimentalität. Wir haben das Geschäft von unseren Vätern geerbt, Bettancort und ich, aber mehr kann man nicht von mir verlangen. Seit dem Ende meines Studiums bin ich nicht aus diesem Büro herausgekommen. Jetzt reicht's!»

«Aber der Thunfischfang geht doch gut, oder?»

Das Gesicht des Sozius ist jetzt nicht mehr erschöpft, sondern hellwach. Er murmelt mit belegter Stimme: «Nicht schlecht, könnte aber besser sein. Warum?»

Carvalho ist der veränderte Ton aufgefallen; er überlegt und sagt schließlich: «Warum heißt es, Sie hätten am meisten Erfolg mit dem Thunfisch?»

«Wir sind seit undenklichen Zeiten darauf spezialisiert. Wir kennen die Route der Schwärme und haben einen Teil unserer Flotte dafür technisch ausgerüstet.»

«Gehört die ‹María Asunción› zur Thunfischflotte?»

«Nein. Sie gehörte zu einer Flotte, die zur Sahara-Küste fuhr oder in den kalten Gewässern der westlichsten Inseln blieb.»

«Wer könnte daran interessiert sein, unter den Fischern Panik zu verbreiten?»

«Die Antwort ist ganz einfach. Jemand, der nicht will, daß sie fischen.»

«Die Konkurrenz?»

«Wer weiß. Die Kanaren sind ein Schachbrett geworden, auf dem Spionage, Schmuggel und politische Strategie mitspielen. Es gibt bereits mehr Unterseeboote als Fische. Russen, Amerikaner, Nordafrikaner lassen uns nicht aus den Augen, und die Goten merken nichts davon.»

«Es ist das zweite Mal, daß ich dieses Wort höre. Wer sind die Goten?»

«Ihr, die von der Halbinsel. Ihr habt diesen Inseln immer den Rücken gekehrt und sie gezwungen, ohne andere Hilfe als das Klima zu überleben.»

«Womit beschäftigte sich Ihr Partner?»

«Ich sagte es bereits. Public Relations. Theoretisch natürlich. Arbeiten war nicht seine Stärke.»

«Und warum wurde er umgebracht?»

«Ich glaube kaum, daß es in Zusammenhang mit seiner Arbeit steht. Eher mit dem glatten Gegenteil, mit seiner Faulenzerei. Er ist nicht wegen seiner Öffentlichkeitsarbeit, sondern wegen seiner privaten Verbindungen gestorben.»

«Benutzten Sie die ‹Palmera› als Zuträgerin?»

«Das ist nicht das Wort. Ich war daran interessiert, auf dem laufenden zu sein, um Juans Katastrophen zuvorzukommen. Das war alles. Ich hatte kein Glück als Sozius.»

«Gingen Sie zu ‹La Palmera›, oder kam sie zu Ihnen?»

«Vorbeugen ist mir lieber als heilen.»

Carvalho betritt wieder die Galerie. Diesmal empfängt ihn die Frau mit einem Lächeln. Carvalho trägt eine Tüte in der Hand und wirft einen argwöhnischen Blick auf den Tisch. «Werden Sie die Schublade wieder öffnen?»

«Ich weiß nicht, was ich tun soll. Was raten Sie mir?»

«Man darf niemandem über den Weg trauen. Ich möchte Sie zum Abendessen einladen.»

«Wie nett. Wo?»

«Bei Ihnen zu Hause.»

«Bei mir?»

Die Überraschung auf ihrem Gesicht macht der Boshaftigkeit Platz. «Eine sehr persönliche Art von Anmache.»

«Ich kann nicht klagen. Aber verstehen Sie mich nicht falsch! Ich muß unbedingt kochen. Ich bin weit weg von zu Hause. Die im Hotel kann ich nicht fragen, ob sie mich das Tagesmenü zubereiten lassen. Sie sind die einzige Frau mit Küche, die ich auf dieser Insel kenne.»

Ihr Gesicht zeigt wieder Überraschung.

«Ich darf Sie darauf aufmerksam machen, daß ich ein ausgezeichneter Koch bin.»

Sie willigt ein, bleibt jedoch skeptisch.

«Außerdem habe ich *viejas* für ein Experiment gekauft.»

Sie zeigt immer noch keine Reaktion.

«Ich will ein katalanisches Gericht mit kanarischem Fisch machen. Haben Sie vom *suquet* gehört, einem Gericht der Costa Brava? Nein? Heute abend werden Sie es mit diesem edlen, altehrwürdigen Fisch bekommen, den Sie *vieja** nennen.»

Carvalho brät kleine Krebse an und nimmt sie dann aus der Pfanne, um mit ihnen einen kurzen Sud zu bereiten. In das verbliebene Öl gibt er geschälte Knoblauchzehen, Tomate, Zwiebel, Salz und Pfeffer, und als das *sofrito* eingedickt ist, fügt er Kartoffelscheiben von einem halben Zentimeter Dicke hinzu sowie den kurzen Sud, den er mit den kleinen Krebsen bereitet hat. Als die Kartoffeln bereits gut sind, gibt er die *viejas* dazu, damit sie garziehen und das Aroma des *sofrito* und der kleinen Krebse aufnehmen. Nun bleibt nur noch Petersilie und Knoblauch zu hacken, dann zu Tisch! Sie hat einen Weißwein aus Tacoronte aufgetrieben, damit er nicht sagen kann, er habe keinen kanarischen Wein probiert; aber sie hat noch einen Sancerre in Re-

* wörtl. «die Alte»

serve, falls Carvalho der einheimische Wein nicht zusagt. Aber er schmeckt ihm, denn es gibt nichts Angenehmeres, als das zu essen und zu trinken, was die vier Horizonte um einen herum hervorbringen.

«Sie legen Ihren Zynismus nur ab, wenn Sie vom Kochen reden.»

«Es ist das einzige unschuldige Wissen, das ich kenne. Jedes andere Wissen ist gefährlich.»

«Gabriel, Juans Partner? Ich hatte kaum mit ihm zu tun», sagt Natalia später. «Er ist ein sehr zurückhaltender Mann, das Gegenteil von Juan. Er ist mit einer Frau verheiratet, die wie eine Banane aussieht, ja doch, sie sieht wirklich wie eine Banane aus. Lachen Sie nicht! Sie ist eine längliche, gelbe Frau wie eine Banane.»

«Schmeckt es Ihnen nicht? Ich sehe, daß Sie kaum probieren.»

«Ich lasse mir Zeit beim Essen. Ich habe keinen übermäßigen Appetit.»

Sie hatte den Eindruck, daß Juan in der ersten Phase für Gabriel von Nutzen war, denn ein Bettancort de Lys konnte einem Mann viele Türen öffnen, der nicht so zahlreiche Verbindungen zu den großen Familien der Insel besaß. Aber die Substanzlosigkeit und der mangelnde Ernst von Juan hatten für Distanz gesorgt.

«Sie waren bankrott.»

«Was Juan betrifft, ja. Bei Gabriel wäre ich da nicht so sicher.»

«Wenn sie Partner waren und das Geschäft schlechtging, muß es ihnen beiden schlechtgegangen sein.»

Natalia zuckt die Achseln. «Ich weiß nur, daß Gabriel ein Geschäftsmann in voller Expansion ist, obwohl diese konkrete Firma von ihm schlechtgeht. Juan stand am Rand des Ruins, und seine Familie gab ihm keine Peseta mehr.»

«Und Sie?»

«Keine Peseta. Er hatte mir schon genug abgenommen.»

Carvalho ißt seinen Teller leer, während sie mit ihrer gewohnten Lustlosigkeit ißt, obwohl sie immerhin an dem kommunikativen Ritual teilnimmt und ihm seine Fragen beantwortet.

«Es gibt grundsätzlich zwei Arten von *mojo* *, den roten und den grünen. Aber die *mojos* verändern sich auch je nach den Kräutern, die man hinzufügt. Es ist eine kalte Soße, die man im allgemeinen zu Fisch oder *papas arrugadas* ** ißt.»

«Es dient demselben Zweck wie die scharfen Soßen in den Tropen. Sie regen die Magensäfte und den Appetit an. Ohne sie hätten die Leute bei dem Klima keinen Appetit. Genau wie du.»

Sie scheint überrascht, daß er sie duzt und appetitlos nennt.

«Aber ich esse doch viel.» Dabei tut sie so, als hätte sie den Mund voll. «Und ich bin zu dick.» Dabei sieht sie an sich hinunter, als sei sie zu dick, und als sie die Augen hebt, ertappt sie Carvalhos Blick, der in anderer Absicht über ihre Formen gleitet. Sie kreuzt die Arme vor ihren Brüsten und stützt sie auf den Tisch. Carvalho sagt, ohne sie anzusehen: «Ich habe große Pläne. Ich will mit dem Schluß anfangen. Morgen könntest du für mich auf Lanzarote den Cicerone spielen. Ich will mir die Insel ansehen, das ist ein Kindheitstraum von mir.»

«Und meine Galerie?»

«Wegen Urlaubs geschlossen. Ich hab die Flugtickets schon.»

«Sehr überzeugend. Du willst also mit dem Schluß anfangen. Und, was noch?»

«Jetzt könntest du dich bei mir für das tolle Abendessen bedanken.»

«Wie denn?»

Carvalho beugt seinen Kopf zu der Frau hinüber, nimmt ihre Lippen zwischen die seinen, und sie geben sich einen langen, langsamen, ekstatischen Kuß, wobei sich ihre Körper über die Teller neigen, bis eine ihrer Brüste in das Schüsselchen mit *mojo picón* gleitet. Als sie sich zurückzieht, ist ihr die Röte ins Gesicht gestiegen, und Carvalho betrachtet ihr Dekolleté. Er streckt eine Hand nach der Brust aus, die in die Soße geglitten ist. Sie bemerkt es und versucht, sich mit der Serviette zu säubern.

* scharfe kanarische Soße

** wörtl. Runzelkartoffeln, in Meerwasser gekochte Kartoffeln mit einer Salzkruste

«Laß es so. Es ist eine kanarische Spezialität.» Damit steht Carvalho auf und geht zu der Frau, die ihn erwartet.

Sie sind nichts weiter als ein normales, gewöhnliches Paar, das zwölf Stunden Aufenthalt auf Lanzarote in einem kleinen Jeep genießt, der die Freude des Abenteuers staubig macht. Die übliche Rundfahrt zum Vulkanpark, den Sandflächen einer beleidigenden Geographie, den Bananenplantagen im Norden und dem Punkt, von dem aus man Graciosa sehen kann, oder die Cuevas de los Verdes in Los Jameos, mit allem, was üblicherweise dazugehört – den Ticks des Fremdenführers, dem routinierten Verhalten typischer Touristen; sie folgen sogar dem unterirdischen Gang der Guanchen zum Meer. Immer wieder Anfälle von Zärtlichkeit, Händchenhalten, Küsse. Plötzlich, genau an dem Aussichtspunkt nach Graciosa, Panik in ihren Augen beim Anblick eines schlanken, eckigen Mannes, der anscheinend die Aussicht genießt, überwältigt von dem grenzenlosen Schauspiel des Atlantiks. Carvalho folgt dem panikerfüllten Blick der Frau. «Was ist los mit dir?»

Sie wendet den Kopf ab und tut die Frage mit einer Bewegung ab. Er beobachtet den schlanken Mann, der sich entfernt. Ihre Hand hat in wilder Erregung seinen Arm gepackt. «Weg hier! So schnell wie möglich!»

«Was ist los mit dir?»

«Ich bin müde.»

Schweigen während der restlichen Fahrt. Das psychologische Klima hat sich verändert. Carvalho bringt sie vom Flughafen nach Hause. Er geht mit ihr hinauf. Die Frau versucht, ihr Gesicht vor ihm zu verbergen. Carvalho setzt sich. Sie bleibt stehen.

«Ich glaube, es wäre für uns beide von Vorteil, wenn du mir sagen würdest, was los ist. Wer war der Mann heute nachmittag?»

«Ich habe mich getäuscht. Ich war erschrocken. Er hat mich an jemanden erinnert, den ich nicht sehen wollte.»

«Das ist nicht alles.»

«Es ist alles.» Ihre Stimme klingt gepreßt.

«Das ist nicht alles!»

Verärgert wendet sie sich um. «Mach mir das Leben nicht noch schwerer! Der Bastard von meinem Mann hat es mir schwer genug gemacht. Du wirst abreisen, und ich bleibe hier. Ich bin es, die hierbleibt und das auslöffeln muß, was mir dieser Mistkerl eingebrockt hat.»

«Schrei mich nicht an! Sag mir alles in Ruhe. Ich will versuchen, dir zu helfen.»

Fatalismus liegt in ihrer Haltung, als sie schluchzend zusammenbricht, die gefühlsmäßige Unterstützung des Mannes ablehnt und ins Badezimmer flüchtet. Während Carvalho geduldig wartet, geht er in der Wohnung auf und ab. Endlich kommt sie zurück. Sie hat versucht, mit kaltem Wasser die Auswirkungen des Weinens abzuwaschen. Sie geht zur Wohnungstür, öffnet sie und fordert Carvalho auf, zu gehen.

«Er heißt Guedes. Er stand in Beziehung zu meinem Mann, und zwar in keiner guten. Damit kannst du beginnen, und das ist alles, was ich dir sagen werde. Er ist ein Schläger. Mehr werde ich dir nicht sagen.»

Carvalho gehorcht und küßt sie im Vorbeigehen sanft.

«Willst du, daß ich bei dir bleibe?»

«Heute nacht nicht. Bitte!»

Carvalho bezieht Posten an der Ecke vor der Wohnung der Frau. Er muß nicht lange warten. Minuten später verläßt sie den Hauseingang mit einem Koffer in der Hand; ihr Hinausgehen trifft zusammen mit der Ankunft eines telefonisch bestellten Taxis. Sie schaut sich nach allen Seiten um und steigt ein. Carvalho hat keine Zeit einzugreifen, wohl aber dem Taxi zu folgen, das Santa Cruz verläßt und ganz entschieden die Straße zum Flughafen einschlägt. Carvalho gewinnt einen Vorsprung, als sie aussteigt und beim Zahlen Zeit verliert. Dann muß er rennen, um sie in dem Moment zu erreichen, als sie an den Ticketschalter tritt und eine Flugkarte verlangt.

«Wo willst du hin?»

Sie unterdrückt einen Schrei und wendet sich um, antwortet aber nicht und beugt sich weiter vor, um ihr Gespräch mit der Frau am Schalter fortzuführen. Wenige Sekunden später ist das Ticket eine Realität. Sie schaut auf die Uhr und auf die Abflugtafel und sagt weiterhin kein Wort.

«Hast du so große Angst? Warum rufst du nicht die Polizei?»

«Die kommt erst nach einer halben Stunde, wenn schon alles zu spät ist. Ich wollte nichts davon wissen, verstehst du? Aber als er betrunken war, kannte er kein Halten und protzte mit seinen Machenschaften. Die Anwesenheit dieses Mannes auf Lanzarote war eine Warnung, und ich gehe. Ich komme zurück, sobald ich zurückkommen kann.»

Sie nimmt eine Hand von ihm. «Ich hab mich dir gegenüber nicht schlecht benommen.»

«Nein. Im Gegenteil. Ich bin es, der ein schlechtes Gewissen hat. Ich habe dir das Leben schwergemacht.»

Sie verneint mit einer Kopfbewegung. Ihre Augen sind feucht, als sie sich verabschiedet.

«Du weißt, wo dein Zuhause ist, wenn du einmal wiederkommst, nachdem alles vorbei ist.»

«Man hat mich so gut behandelt, daß ich wiederkommen werde.»

Wieder steht Panik in ihrem Gesicht; sie wendet sich abrupt ab und läuft zum Ausgang auf das Rollfeld. Da steht er, der schlanke Mann, und blickt sich suchend um, als habe er das Objekt seiner Suche noch nicht gefunden. Carvalho stellt sich so, daß er nicht gesehen wird, und bewacht jetzt seinen Bewacher, der zum Flugkartenschalter geht und sich mit einem Mädchen unterhält. Mit ärgerlichem Ausdruck macht er kehrt, verläßt das Flughafengebäude und geht zu dem bewachten Parkplatz. Carvalho erwartet ihn hinter einem Auto, und als er auf seiner Höhe ist, vertritt er ihm mit einer Zigarette in der Hand den Weg. «Haben Sie Feuer?»

Den Sekundenbruchteil, den der Mann braucht, um die Situation zu durchschauen, nutzt Carvalho, um die Initiative zu ergreifen und ihm mit Karateschlägen in Leber und Magen eine harte Lektion zu erteilen. Der Mann schaltet zu spät, fuchtelt mit den Händen, aber die Schläge zeigen Wirkung, und er geht zu Boden. Carvalho zieht sich zurück und beobachtet den am Boden Liegenden. Er reagiert langsam. Steht auf. Bewegt verwirrt den Kopf. Schaut sich nach allen Seiten um und geht zu einem Auto, fährt los und verläßt das Flughafengelände. Carvalhos Auto folgt ihm.

Der Morgen dämmert, als die beiden Autos ihr Ziel erreichen. Ein Straßenschild verrät Carvalho, daß sie sich im Nordosten der Insel befinden, als sie am Dorf Los Silos vorbeifahren. Der Verfolgte biegt auf einen Feldweg ein und fährt auf Privatgelände. Am Ende des Wegs ein ansehnliches, typisch kanarisches Landhaus an einer Steilküste. Das Auto hält an. Carvalho läßt seins zwischen den Alleebäumen der Zufahrt versteckt stehen und nähert sich dem Haus. Es ist mehr als ein Privathaus. Das verrät die Anwesenheit von vier entspannten Männern, die nicht der Arbeitsplatz und kein Verwandtschaftsverhältnis zusammengebracht hat. Es sind auch keine Wachmänner. Sie warten auf etwas. Carvalho geht ums Haus herum und bleibt am Fenster eines Salons stehen, der mit Souvenirs einer Afrikareise ausgestattet ist. Ein unübersehbar nordisches Paar im mittleren Alter spricht mit dem Verfolgten. Carvalho stößt das Fenster vorsichtig auf, um zu hören, was sie sprechen.

«Und Sie konnten nicht herausfinden, wohin sie fuhr?»

«Es ging um Sekunden. Aber sie kann kein anderes Flugzeug genommen haben als die Maschine Fez–Paris.»

«Sie kann in Fez dann ausgestiegen sein und eine andere Maschine genommen haben. Und diese Schläge?»

«Der Typ, der mit ihr auf Lanzarote war, hat mich überfallen.»

«Der Detektiv?»

«Kann sein. Er hat mich überrascht. Wenn ich ihn erwische, werde ich es ihm ordentlich zeigen.»

«Sie dürfen sich nicht sehen lassen! Die Polizei würde Sie gerne erwischen und nachprüfen, ob Sie für das Blutbad verantwortlich sind. Alles steht kurz vor dem Abschluß, und es wäre eine Schande, wenn jetzt etwas schiefgehen würde.»

Die Frau tritt ans Fenster und schließt es. Carvalho wartet, neben einer Hecke kauernd, bis der Verfolgte geht; dann geht er weiter ums Haus herum und bleibt vor einem ebenerdigen Fenster stehen, das auf einen großen Keller geht. Er bleibt stehen, denn der Keller ist nicht leer, sondern voll. Etwa zwanzig Männer bewegen sich dort auf einer Fläche, die beinahe vollständig von doppelstöckigen Betten eingenommen wird. Carvalho blinzelt, aber es stimmt, was er sieht. Die zwanzig Männer sehen einander ähnlicher als zwanzig Chinesen.

Carvalho begibt sich mit äußerster Vorsicht zu seinem Auto, aber als er gerade einsteigen will, ertönt eine Stimme hinter seinem Rücken.

«Haben Sie etwas verloren?»

Das nordische Paar schaut ihn lächelnd und offensichtlich entspannt an.

«Entschuldigen Sie! Ich wollte ans Meer zum Fischen und nahm diesen Weg. Jetzt sehe ich, daß es ein Privatweg ist.»

«Das steht an der Einfahrt!»

«Ich muß es übersehen haben. Könnten Sie mir sagen, auf welchem Weg ich zum Meer hinunterkomme?»

«Hier an der Küste wird nicht viel gefischt. Für einen Sportangler ist es viel besser, nach Callao Salvaje oder zur Punta Salema zu fahren.»

«Ich wohne genau an der Playa de las Americas, und das schien mir kein geeigneter Ort zu sein.»

«Er ist es.»

«Sind Sie die Besitzer des Anwesens?»

«So ist es.»

«Entschuldigen Sie mein Eindringen!»

«Es sei Ihnen verziehen. Aber verirren Sie sich nicht noch einmal! Die Gegend ist hier sehr einsam, wir haben Wachmänner, und das könnte unangenehm werden!»

«Das glaube ich. Danke. Nochmals vielen Dank!»

Die nordischen Menschen verabschieden sich mit einer Kopfbewegung und einem liebenswürdig wirkenden Lächeln. Carvalho startet und fährt weg. Als er der Meinung ist, nun genug umhergefahren zu sein, fährt er wieder in Richtung des Landgutes und parkt das Auto in einem Seitenweg hinter einer Biegung, unter Dornhecken versteckt. Er steigt aus und sucht sich einen neuen Beobachtungspunkt, von dem aus er das Haus im Blick hat. Das Ehepaar spricht im Innenhof mit einem unerwarteten Gast, Gabriel, Juans Geschäftspartner. Er hat sein gelassenes Äußeres nicht verloren, aber seine Arme rudern aufgeregt durch die Luft, im Kontrast zu den sparsamen Gesten seiner Gastgeber. Sie versuchen, ihn von etwas zu überzeugen oder ihm etwas abzuschlagen, aber er insistiert, und obwohl er sich beherrscht verabschiedet, beweist die Steifheit seines Grußes, daß sie sich nicht geeinigt haben. Der glücklose Sozius geht zu seinem Auto, und das Paar läßt ihn abfahren, ohne eine Veränderung zu zeigen. Aber sobald er außer Sichtweite ist, rufen sie ein paar Männer und geben Anweisung, in einen Jeep zu steigen und ihm nachzufahren. Carvalho ahnt, daß dem glücklosen Sozius etwas Unangenehmes zustoßen könnte, und überlegt, ob er ihn warnen oder weiter beobachten soll, was geschieht. Ich werde bezahlt, um das Verschwinden von Schiffen aufzuklären, nicht das Verschwinden von glücklosen Partnern. Also bleibt er auf seinem Posten und betrachtet die scheinbare Ruhe des Hauses, wo nichts Neues geschieht; man hört nur Hunde bellen, die nicht zu sehen sind, oder den Lärm von Traktoren in den Gärten, die das Haus verbirgt. Er hört einen mächtigen Knall im Westen, etwa dort, wo das Gebirge ins Meer stürzt und kaum die Serpentinen einer piniengesäumten Straße gestattet. Er verläßt seinen Ausguck, um die Ursache des Knalls ausmachen zu können. Am Fuß des vermutlichen Abgrunds brennt etwas, aber er kann nicht erkennen, was es ist, und begnügt sich mit der Betrachtung der schwarzen Rauchsäule, die das Himmel-Meer-Kontinuum durchschneidet. Er geht zu seinem Ausguck zurück. In diesem Moment hört man das Brummen eines noch weit entfernten Lastwagens, der nach einer Weile auftaucht und seine Fahrt bis zum Innenhof der nordischen Menschen fortsetzt. Die beiden Fahrer steigen aus und öffnen den Laderaum, laden aber nichts aus; Carvalho kann allerdings von seinem Standpunkt nicht erkennen, ob es etwas auszuladen gibt. Sie gehen ins Haus, das ein ungeheurer, alles verschlingender Schlund zu sein scheint. Inzwischen ist es dunkel; Carvalho hat ein schlechtes Gewissen und wirft sich vor, die Zeit zu vertrödeln und sich vertragswidrige Pausen zu gönnen, als ärgere ihn die sinnlose Verschwendung von Zeit und Intelligenz. Aber als es völlig Nacht geworden ist, geht eine Seitentür auf, eine Schlange von Männern, auf dem Faden der Nacht aufgereiht, kommt heraus und wandert schweigend zu dem geöffneten Laderaum, wo sie so geräuschlos verschwinden, wie sie aus dem scheinbar schlafenden Haus aufgetaucht sind. Carvalho rennt los, um sein Auto zu erreichen, bevor der Lkw allzu weit fahren kann, und postiert sich ohne Licht auf einem Feldweg, bis er durch sein Blickfeld fährt. Er läßt ihm einen Vorsprung und folgt ihm dann. Der Lkw fährt über die Landstraße zur Steilküste, dann einen Abhang hinauf und eine halsbrecherische Steilabfahrt zum Ozean hinunter. Sie nähern sich dem Ort, woher die Detonation kam und die Rauchsäule aufstieg, und Carvalhos Ahnung konkretisiert sich in Gestalt eines nächtlichen, ausgebrannten Autos, das an den vorletzten Felsen über dem Meer hängt.

«Ein glückloser Sozius», murmelt er, was wie ein Requiem klingt. Zum erstenmal empfängt er innere Alarmsignale, Warnungen, daß der Fall seine professionelle Kapazität übersteigt, ebenso die Summe, die er als materiellen Anreiz kassieren wird. Aber was wäre ich und mein Leben ohne den Reiz der Neugier? Plötzlich zeigt ein Mondstrahl zwischen Wolken schemenhaft das Ziel des Weges und des Lastwagens. Das Ende einer Sackgasse, wo die Felsen ins Meer vorstoßen und einen natürlichen Hafen bilden; im Hafen liegt ein Fangschiff ohne Positionslichter und scheinbar ohne Leben. Carvalho steigt aus dem Auto und überläßt es seiner maschinellen Selbstversunkenheit, um zu Fuß Wege, die Wildwasserschluchten sind, zum Fuß des Steilhangs hinunterzusteigen. Er postiert sich zehn Meter vom logischen Endpunkt der Expedition im Schutz von Kakteen und Agaven; vor allem aber schützt ihn das Zaudern eines Mondes, der in dieser Nacht der Faulheit frönt.

Nichts regt sich auf dem Schiff; es wartet auf die Bewegung, in die es die Männer aus dem Laderaum des Lkws versetzen werden, der soeben die schwierige Abfahrt durch eine Wildwasserschlucht bewältigt. Aber als festzustellen ist, daß der Lkw gleich sein Ziel erreichen wird, geht an Deck ein Licht an, dunkle Gestalten besetzen es, um zwei Schlauchboote mit Außenbordmotor ins Meer zu werfen, die fast zur gleichen Zeit die Felsklippen erreichen wie die Führer der Menschenschlange, die aus dem Lkw quillt. Einer der Männer, die warten, bis sie an der Reihe sind, um aufs Schiff gebracht zu werden, geht zu der Stelle, wo Carvalho steht, und pißt; dabei hebt er den Kopf, um nach dem Mond zu sehen. Statt dessen bekommt er einen gekonnten Schlag an die Schädelbasis und geht zu Boden. Carvalho schleppt den Körper in sein Versteck. Er stellt fest, daß es einer der Asiaten ist, die er im Keller des Landhauses gesehen hat. Er entkleidet ihn und zieht sich seine Sachen an: eine Fischerjacke mit Schnüren über der Brust, ein Paar Jeans und eine Mütze, mit deren Hilfe er sein Gesicht besser verstecken kann. Das, was jetzt am Strand geschieht, begünstigt seinen Plan.

Die Männer schmieren sich eine weiße, phosphoreszierende Substanz ins Gesicht. Carvalho verlangt sein Teil und tut dasselbe. Dann steigt er mit den anderen in die Schlauchboote mit Außenbordmotor und fährt mit ihnen zum Schiff. Die Silhouette des Fangschiffes wird größer, und in Höhe des Schlauchbootes taucht das Schild «María Asunción» auf. Strickleitern werden über die Reling geworfen, und die Schlauchboote gehen längsseits, um ihre Passagiere an Deck klettern zu lassen. Die Präzision der Bewegungen wirkt sehr gut geübt. Carvalho bekommt Befehle in einer Sprache, die er nicht versteht; er sieht, daß die meisten der an Bord Gekommenen entweder mit schwarzen Dosen hantieren oder sich an die Reling setzen und abwarten. Die «María Asunción» sticht in See, und der Kapitän sucht von der Kommandobrücke aus mit einem Feldstecher den Horizont ab. Er gibt einen Befehl in der fremden Sprache und diejenigen, die mit den Dosen hantieren, öffnen sie und werfen sie ins Meer. Darauf beginnt das Meer in merkwürdigen Farben zu brodeln, und ein gelber Nebel hängt wie ein Schleier vor dem Horizont, an dem sich langsam die Umrisse der Fangflotte abzeichnen. An Bord der Fangschiffe wird die Erscheinung der «María Asunción» entdeckt, die Mannschaften bekreuzigen sich, Angst, Hysterie, Flüche auf den Patron oder den Reeder, der sie in diese Klemme gebracht hat. Die Aufregung auf den Fangschiffen steht in starkem Kontrast zu der Ruhe, der roboterhaften Sparsamkeit der Bewegungen auf der «María Asunción». Die Männer sind aufgestanden, stehen wie Statuen an der Reling, um gesehen zu werden, ohne einen Muskel zu bewegen. Carvalho ist es gelungen, sich dem Kapitän zu nähern, einem mächtigen, granitenen Asiaten mit einem narbenbedeckten Gesicht. Er sucht nach der Funkkabine, findet sie schließlich. Erinnert sich an alte Kenntnisse, beginnt zu senden, und als sein Gesicht zeigt, daß er endlich weiß, wie es geht, verzerrt es sich vor Schmerz, als ein harter Knüppel seinen Kopf trifft, hinter dem drohend und schlagkräftig der Körper des Kapitäns steht.

Das Schwanken des Motorboots weckt ihn, in das er verladen wird. Nach und nach kommt er zu sich und sieht, daß die «María Asunción» in vorsichtiger Entfernung vor der Küste ankert, von der sie aufgebrochen sind. Das Motorboot erreicht den Strand, er wird mit Püffen hinausgestoßen und in den Lastwagen gezerrt. Am Boden liegend, beobachtet er den schwierigen Aufstieg durch das trockene Bachbett, das als Weg dient, hält den unergründlichen Blicken der anderen, asiatischen Mitfahrer stand und erkennt schließlich am Anhalten des Fahrzeugs, daß sie ihre Bestimmung erreicht haben. Der Fuß auf seinem Hintern, der ihn am Boden gehalten hat, wird zurückgezogen, und

Carvalho steht auf, ohne sich aber deshalb selbständig bewegen zu können. Er wird wieder gestoßen, springt und fällt auf den Gartenboden. Sie sind auf dem Landgut der nordischen Menschen, und durch einen Tunnel der Morgendämmerung wird er ins Haus gebracht und muß in den Salon mit den afrikanischen Souvenirs gehen. Dort befinden sich die Hausherren und der narbengesichtige, einäugige Kapitän.

«Sie haben sich schon wieder verirrt?» fragt der nordische Mensch zynisch. «Ich dachte, Sie seien Sportangler, kein Hochseeangler.»

«Ich habe noch nie so viele Chinesen beieinander gesehen, und da dachte ich, auf einen mehr oder weniger kommt es nicht an. Es ist wie in einem Film mit Fu Man-chu.»

«Es sind keine Chinesen, sondern Japaner.» Das war der asiatische Kapitän der «María Asunción».

«Was tun Sie? Wollen Sie das Geheimnis des industriellen Fangschiffbaus klauen?»

«Wir wollen Ihnen erklären, was bereits vollendete Tatsachen sind. Ich wiederhole: vollendete Tatsachen. Innerhalb einer Stunde werden alle Spuren beseitigt und die Operation beendet sein. Haben Sie eine Ahnung von der Bedeutung des Fischereigeschäfts?»

«Für mich ist Fischen immer etwas Sportliches, Amateurhaftes, Olympisches. Es ist die Beziehung zwischen einem Mann, einer Angel und einem mehr oder weniger schlauen Fisch.»

«Rührend. Ein Märchen von der Einsamkeit des intelligenten Menschen im Kampf mit der Natur mit ihrem Überlebensinstinkt, wie in *Der alte Mann und das Meer* von Hemingway.»

«Ich lese kaum. Gerade die Rechnungen und das Telefonbuch.»

Der nordische Mensch fährt fort: «Wir haben die Operation jahrelang vorbereitet. Es war unser Ziel, in der Region Unsicherheit zu verbreiten und die Situation zu nutzen, um die Thunfischschwärme zu erreichen, einen Thunfisch mit einem kleinen Sender auszustatten und so dem Schwarm folgen zu können. Von dem Moment an, wenn wir die gewöhnliche Route dieses

Schwarmes entdeckt haben, brauchen wir nur noch an einem bestimmten Punkt im Atlantik auf ihn zu warten und ihn aus dem Wasser zu ziehen, bevor er diese Küste erreicht. Das ist keine Verschwörung von Amateurfischern. Es ist eine Operation, bei der es um Tausende von Millionen Peseten geht.»

«Da sieht man eine Thunfischbüchse und denkt gar nicht daran, was alles dahintersteckt.»

«Die letzten Ursachen sind zuweilen schwer faßbar.»

«Wenn ich nicht irre, wurde Señor Bettancort deshalb umgebracht, weil er zuviel wußte.»

«Weil er zuviel sagte.»

«Er ermöglichte Ihnen, die ‹María Asunción› unter Ihre Kontrolle zu bekommen. Übrigens, was wurde aus der ursprünglichen Mannschaft?»

«Es wird eine Weile dauern, bis sie wieder an die Oberfläche kommen.»

«Sie halten sich nicht mit Kleinigkeiten auf.»

«Es ist eine multinationale Aktion, verstehen Sie!»

«Ich verstehe. Und der Sozius von Bettancort?»

«Ist im Himmel. Er bekam zur Unzeit Skrupel. Es gibt keinen Weg zurück.»

«Und Señora Bettancort?»

«Sie weiß, was ihr Großmaul von Mann ihr gesagt haben mag. Sie wird wenig Gebrauch davon machen können. Wir haben alle benötigten Daten und brauchen nur noch die Spuren zu beseitigen und zu verschwinden.»

«Und warum erzählen Sie mir das alles?»

«Eine kleine Befriedigung. Das Vergnügen, meisterhafte Schachzüge gewürdigt zu sehen.»

«Und Sie wollen vor meiner Nase weitermachen?»

Carvalhos Grinsen wird von neuem abgelöst von der Erschütterung eines Schmerzes im Gesicht. Als er schon am Boden liegt, glaubt er eine gewaltige Explosion zu hören sowie ein Gerenne von eilenden Leuten. Er kommt zu sich und taumelt ins Freie. Eine Rauchwolke schwebt über dem Meer in Höhe des kleinen natürlichen Hafens. Carvalho geht fieberhaft im Wald umher, sucht Wege, die an Steilküsten enden, findet endlich einen, der hinabführt, und gelangt zu der kleinen Bucht. Die «María Asunción» unter der weißen Wolke, die sich entfernt, ist verschwunden. Aber in den Wellen schaukeln Reste des Wracks. Carvalho geht ins Wasser, sammelt Bretter, scheint nicht Herr seines Tuns, endlich hört er auf. Er hat ein Brett, auf dem etwas steht. «María Asunción». Alles, was von einem endgültig gesunkenen Schiff übrig ist.

«Herr Präsident, obwohl die Nachricht an sich traurig ist, kann ich bei aller in diesem Fall angebrachten Zurückhaltung eine gewisse Befriedigung nicht verbergen, denn die Angelegenheit der ‹María Ascunción› kann endgültig als abgeschlossen betrachtet werden. Reste des Wracks wurden gefunden, die allen Spekulationen ein Ende bereiten, obwohl einige dunkle Punkte übrigbleiben, die die Polizei mit der Zeit – ich darf Sie an meine Theorie der Sicherheit, unser Bestes getan zu haben, erinnern – entschlüsseln wird.»

«Auf welche dunklen Punkte nehmen Sie Bezug?»

«Den Tod der Reeder der ‹María Asunción›. Der eine wurde ermordet, der andere stürzte in der Küstengegend ab, wo die Wrackteile gefunden wurden.»

«Gibt es rationale Erklärungen?»

«Alle, die man braucht. Der Ermordete war ein Mann von zweifelhaftem Lebenswandel, und die Familie hilft mit, die Sache stillschweigend zu unterdrücken, denn sie ist nicht interessiert, den Skandal noch zu vergrößern. Was den andern betrifft, so weist alles darauf hin, daß es sich um einen Unfall handelt – naheliegend in der angespannten Situation, die er nach dem Verschwinden des Schiffes und der Ermordung seines Geschäftspartners durchmachte.»

«Ist die Sache abgeschlossen?»

«Wir können sie als abgeschlossen betrachten.»

Der Wirtschaftsminister hat die Hand gehoben, und der Außenminister schließt die Augen. Verflucht soll er sein. Das pedantische, unausstehliche Schandmaul halten. Aber er hält es nicht.

«Ich glaube zu wissen, daß es einen abweichenden Bericht gibt, vorgelegt von der Fischergenossenschaft und erstellt auf der Grundlage privater Nachforschungen.

«Entschuldigen Sie, Herr Präsident, aber es verhält sich nicht ganz so. Der Bericht stammt von einem Teil der Genossenschaft und wurde von einem heruntergekommenen Privatdetektiv verfaßt, der mehr von Literatur und Film hält als von Realität. Er wurde jedenfalls archiviert, und die Polizei studiert ihn für den Fall ...»

«Verlieren wir keine Zeit mehr. Ein untergegangenes Fangschiff darf nicht eine ganze Flotte von Themen und Problemen aufhalten.»

Der Untersuchungsrichter, der Carvalho einem möglicherweise letzten Verhör unterzieht, ist derselben Meinung.

«Verstehen Sie doch, daß wir nicht unser Leben lang auf ein Mysterium starren können – und die Erklärung, die Sie uns liefern, ist grotesk. Wir haben die ganze Insel mit der Lupe abgesucht, und diese überzähligen Japaner sind nicht aufgetaucht, die Sie gesehen haben wollen. Was die Skandinavier angeht, von denen Sie reden, das Ehepaar Larsen, so sind sie empört über Ihre Anschuldigungen. Es sind schwerreiche schwedische Reeder in der vierten oder fünften Generation, die es nicht nötig haben, sich auf Piraterie zu verlegen. Den Experten zufolge flog die ‹María Asunción› wegen der Explosion eines Kessels in die Luft. Haben Sie das Geld für Ihren Bericht bekommen?»

«Ja.»

«Dann sind alle Seiten zufrieden, bei allem Unglück. Die Angehörigen können sich z. B. die Lebensversicherung auszahlen lassen. Ich sehe keine Notwendigkeit, die Dinge nachzuprüfen, obwohl ich den Fall nicht abschließen werde und Ihren Bericht für alle Fälle hierbehalte.»

«Haben Sie irgendeine Erklärung für mein Fabuliertalent? Warum habe ich mir diese ganze Geschichte ausgedacht?»

«Ihr Bericht ist eine Tatsache. Ich maße mir kein Urteil über

Absichten an. Aber alles, was ich gesagt habe, entspricht ebenfalls Tatsachen.»

Natalias Geschäft ist immer noch geschlossen. Er ist nur mit einem Fuß ausgestiegen, um nachzusehen. Dann bringen ihn die beiden kräftigen Burschen schweigend zum Flughafen. In ihrem Schweigen liegt ein untergründiger Vorwurf. Sie gehören zur Hamburger-Generation, hassen nichts mehr als Probleme, und Carvalho hat ihnen die Farben des Ozeans zum Problem gemacht.

Pablo und Virginia

Ein Schäfer mit Ziegen; der Wasserkrug in seiner Hand so groß wie der Durst in seinem Mund. Ein großes, altes Bauernhaus über einer Steilküste füllt das Gesichtsfeld aus; im Vordergrund ein Brunnen, im Hintergrund das winterliche Meer, wolkenverhangen, nur noch ein opaker Kristall, ohne die Transparenzen und Helligkeiten des Sommers. Der Schäfer schleudert den Eimer gegen den schwarzen Wasserspiegel am Brunnengrund und zieht ihn gefüllt herauf. Schaut sich nach allen Seiten nach Zeugen um für das, was er jetzt vorhat, steckt, da es keine gibt, den Mund direkt in den Eimer und trinkt gierig. Dann taucht er den Trinkkrug in den Eimer und wartet, bis er voll ist. Geht mit dem Krug in der Hand ums Haus herum, erstarrt plötzlich, steckt die überdimensionale Nase in die Luft und versucht, sie total vollzusaugen. Sein angewidertes Gesicht zeigt, daß ihm die eingesaugte Luft nicht gefällt. Ein ums andere Mal bestätigt er sich, daß ihm diese Luft überhaupt nicht gefällt, und fängt an, die Umgebung nach einem toten Tier abzusuchen, das diesen Gestank verursacht. Die Suche führt ihn direkt zum Eingang des offensichtlich unbewohnten, aber verschlossenen Bauernhauses. Er ist unschlüssig, ob er mit seinen Ziegen weiterziehen und der Luft die Verantwortung für den Gestank zuschreiben oder die Suche fortsetzen soll. Schließlich ruft er: «Ave Maria purissima!» und schlägt gegen die Tür. «Verdammtes Haus!» Wieder schlägt er gegen die Tür.

Mit gerümpfter Nase versucht er zu öffnen; er schafft es. Als die Tür weit aufspringt, überfällt ihn der bestialische Gestank und zwingt ihn, ein Taschentuch aus der Tasche zu ziehen und wie eine Gasmaske vors Gesicht zu binden. Er braucht in dem halbverfallenen Haus nicht lange zu suchen. In der Küche neben dem Herd liegen zwei leblose Körper, ein Mann und eine Frau, nackt, blutverschmiert, verstümmelt, drapiert mit Kerzenleuchtern und violettem Damast; an den Wänden Symbole aus Kohle oder Blut, die an archaische iberische Zauberzeichen erinnern, und die schreckliche, mit Blut geschmierte Inschrift:

**Ihr sollt weder Krieg führen
noch Liebe machen!**

Jesus, Jesus, Jesus, wiederholt der Ziegenhirte ein ums andere Mal mit Augen und Mund, und als er näher an die Leichen herantritt, stellt er fest, daß das Blut verkrustet und das Fleisch in Verwesung übergegangen ist. Ein Schwall steigt vom tiefsten Grund seines Magens oder seiner Seele auf. Er muß rennen, um den Vorplatz zu erreichen, wo er den Inhalt seines Magens oder seiner Seele von sich gibt.

«Diese Gegend wurde von den Madrilenen erst im zwanzigsten Jahrhundert nach Christus kolonisiert.»

Das sagt eine blonde, etwa vierzigjährige Frau, begehrlich oder begehrenswert, je nach Geschmack; gekleidet wie eine betuchte Künstlerin, die das ganze Jahr am Meer zubringt. Sie betrachtet genüßlich ein Stück der Küste, als habe sie vor, es gleich in den Mund zu stecken.

«Die Nordamerikaner und Engländer entdeckten in den zwanziger Jahren die Costa Azul; die Leute aus Barcelona nahmen in derselben Epoche die Costa Brava in Besitz, und später begannen wir Madrilenen, uns dieser Küste zu bemächtigen. Gefällt es Ihnen hier?»

Die Frage gilt einem Carvalho in Militärweste, mit einem gewissen Mißfallen in den Augenwinkeln.

«Das Meer ist dreckig.»

«Nein. Das ist nicht das Wort. Sie erinnern mich an einen Vers von Carlos Barral über das Meer im Winter: ‹... wenn das Meer ein opaker Kristall ist›. Aber der Winter ist hier kurz. Wir haben hier ein – wie nennt man es? – ein sehr mildes Mikroklima. Der Winter ist kurz. Schade.»

«Schade?»

«Ja, weil einen der Genuß der Einsamkeit für die wenigen schlechten Wintertage entschädigt. Im Winter bleiben nur wir vier Verrückten hier, die Heimatlosen, wie ich uns nenne. Es ist schön: ohne Leute, ohne Kinder mit Strandeimerchen ...»

«Haben die Kinder heutzutage immer noch Strandeimerchen?»

«Jawohl, mein Lieber, immer noch.»

Mit einem gewissen Nachdruck in den Bewegungen fordert sie ihn zur Rückkehr zum Auto auf, einem Nachdruck, den Carvalho ignoriert, indem er noch einige Augenblicke stehenbleibt, aufs Meer hinausschaut und den Aufforderungen der Frau lauscht, die bereits die Wagentür geöffnet hat.

«Fahren wir? Der Verein zum Wohl der Öffentlichkeit wird uns bereits erwarten.»

Carvalho resigniert und steigt ins Auto. Er mustert und wird gemustert.

«Man ist sehr gespannt darauf, Sie kennenzulernen. Hier passiert wenig, und wir verbringen viele Stunden mit dem Lesen von Kriminalromanen. Manchmal glaube ich, daß man Sie eher engagiert hat, um ein literarisches Abenteuer zu erleben, als um ein Rätsel zu lösen.»

«Eine böse Geschichte. Kriminalromane haben mit der kriminellen Realität überhaupt nichts zu tun. Alles Literarische basiert auf der Übertreibung des Realen. Die Dinge, die geschehen, sind wenig interessant, und die Schriftsteller vergrößern sie, um die Grenzen der Phantasie künstlich zu erweitern. Es ist, wie wenn jemand doppelt so viel Stoff kauft, wie er für einen Anzug braucht, und dann alles verarbeitet. Der Anzug ist immer zu groß.»

«Das ist ja schon beinahe eine literarische Theorie! Sind Sie Kritiker?»

«Welche Art von Kritik meinen Sie?»

«Die literarische.»

«Ich kritisiere kaum jemanden, nicht einmal mich selbst. Ich achte die Literaturkritik, aber es ist einige Zeit her, daß ich mit ihr zu tun hatte. Kritiker sind noch schlimmere Parasiten als Autoren. Sie vermehren die unproduktive Arbeit um ihre unproduktiven Gedanken.»

«Sie wissen mehr, als man Ihnen ansieht.»

«Ich habe mal einen Fernkurs für Radiotechnik gemacht; Sie glauben gar nicht, wie so was bildet!»

Sie sieht sehr gut aus, denkt Carvalho die ganze Zeit über, sagt aber: «Sind Sie die Vorsitzende des Vereins zum Wohl der Öffentlichkeit, der mich engagiert hat?»

«Nein. Ich bin keine Vorsitzende von irgendwas. Ich kümmere mich um die Public Relations.»

Der Salon einer gut betuchten Familie, eingerichtet von einem befreundeten Architekten, der immerhin Verständnis aufgebracht hat für das Lebenskonzept von Intellektuellen mit vielen Büchern und dem Bedürfnis nach viel Platz, um sich zu unterhalten und Whisky mit Eiswürfeln zu trinken, während man den Blick durch die Fenster auf das Pinienwäldchen, das Meer und den Vollmond auf weißen Würfeln mediterraner Architektur genießt. Die vier oder fünf Paare gehören einer Altersklasse an, obwohl das eine schon an der Schwelle des Alters und das andere noch an der der ersten Jugend steht. Es eint sie der Habitus progressiver Intellektueller ohne die Sklaverei fester Arbeitszeiten, die gepflegt sportliche Winterkleidung und die schwerfällige Klarheit ihrer Ausdrucksweise von Menschen mit ausgebildeter Denkfähigkeit. Das Wort führt ein kahlköpfiger Mann mit der Tendenz zu verbaler Dominanz, wie alle ehrlichen Kahlköpfe.

«Ich weiß nicht, ob Dora Ihnen bereits gesagt hat, worum es sich handelt.»

Dora, Carvalhos Begleiterin, nickt und ergreift das Wort.

«Natürlich habe ich ihm gesagt, worum es sich handelt. Wieso um Himmels willen hätte dieser Herr sonst den weiten Weg von Barcelona hierher machen sollen, wenn ich ihm nicht gesagt hätte, worum es sich handelt?»

Der Kahlköpfige räuspert sich verärgert.

«Ich meinte die näheren Einzelheiten des Falles.»

«Was ist deiner Meinung nach eine nähere Einzelheit?»

«Dora, ich habe keine Lust, über linguistische Fragen zu diskutieren.»

Ärgerlich wendet sich der Kahle Carvalho zu.

»Kurz und gut, Sie wissen bereits, worum es geht, nicht wahr?»

«Nein. Ich glaube, genau das ist jetzt wichtig: zu erfahren, worum es geht.»

Dora findet sich nicht damit ab, daß ihr die Gesprächsführung aus der Hand genommen wird, und schaltet sich ein.

«Es lohnt sich, daß ich hier öffentlich berichte, was ich Señor Carvalho bereits erzählt habe, damit wir alle beurteilen können, ob noch etwas fehlt.»

Der Kahlköpfige fällt ihr mit sardonischem Lächeln ins Wort. «Willst du mit ‹öffentlich› sagen, daß du auf einer Theaterbühne stehst?»

«Großer Gott, Carlos, du bist heute unausstehlich.»

«Im Gegensatz zu dir. Du bist es immer.»

«Señor Carvalho, Sie werden bemerkt haben, daß dieser Herr mein Mann ist.»

«Es ist nicht zu übersehen.»

Dora seufzt resigniert und beginnt den Bericht.

«Die beiden jungen Leute, Pablo und Virginia, wohnten seit über anderthalb Jahren hier. Als sie ankamen, waren sie die Sensation der Winterkolonie. Die Winterkolonie, das sind mehr oder weniger die, die Sie hier vor sich sehen; außerdem ein paar belgische und holländische Ehepaare, mit denen wir kaum etwas zu tun haben.»

«Warum waren sie die Sensation?»

Der Älteste der Versammelten lacht.

«Weil sie beleidigend jung und beleidigend hübsch waren.»

Dora ist böse über die Unterbrechung.

«Soll ich nun weiterreden oder nicht? Also gut. Sie erregten vielleicht auch Aufsehen, weil sie ganz orientalisch gekleidet ankamen, mit vielen indischen Sachen. Sie sagten, sie seien viel in Asien gereist und hätten lange Zeit in Nepal und Goa gelebt.»

Doras Erzählung scheint lebendig zu werden, und die Versammelten erinnern sich wieder an das Treffen derselben Gruppe im Haus des Verbrechens; sie scharten sich um die beiden schönen und angenehmen jungen Leute, die ihnen Erinnerungsstücke aus Asien zeigten. Doras Stimme kommentiert sozusagen aus dem Off eine Szene, die alle mitzuerleben glauben.

«Sie waren jung, nett und neu. Vor allem neu. Wir lieben neue Leute.»

Pablo hockt auf den Fersen wie ein Inder, und neben ihm ordnet Virginia ihre langen, wirren Haare. Sie tragen lange orientalische Gewänder und erzählen den zahlreichen Versammelten, die sie mehr betrachten als ihnen zuzuhören.

«In Goa muß man gewesen sein. Es ist mit keiner einzigen anderen Stadt in Asien von architektonischem, kulturellem oder sozialem Interesse zu vergleichen. Goa ist ein Winkel der Welt, das Ende einer Sackgasse, wo die portugiesische Kolonisation ihr Ende findet, verfault, stirbt; parallel dazu kehrt der Urwald zurück und überwuchert die Bauwerke.»

Jemand aus dem Publikum fragt: «Welche Religion ist die herrschende? Der Hinduismus? Der Buddhismus?»

Pablo lächelt. Virginia lächelt. Aber es ist Pablo, der antwortet: «Der Mythos von der asiatischen Religiosität muß abgelöst werden durch den der Faszination vom Transistorradio, dem Geldscheffeln oder dem simplen Überleben. Die ganze Welt zerfällt in zwei Teile: die, die essen, und die, die nicht essen, die Sieger und die Verlierer.»

«Es war sehr schön, ihn sprechen zu hören, denn er war ein moderner Pfarrer, oder, wie er es nannte, ein Priester der ‹Sekte der Totalen Liebe›.»

Das sind Doras abschließende Worte, und in Carlos' Gesicht steht ein ironisches Lächeln.

Carvalho betrachtet das Bild des spanischen Königs im Hintergrund. Er sitzt entspannt auf einem alten Bürostuhl, als ein Sargento der Guardia Civil mit einem Aktenhefter unter dem Arm den Raum betritt. Der schnauzbärtige, förmliche, bedächtige Sargento schlägt mit unendlicher Langsamkeit den Ordner auf und setzt eine Brille auf, um die Papiere durchzusehen. «Da haben wir den Fall der Hippies. So wurde er in der Presse genannt, aber in unseren Akten wird er als ‹Mord an dem Ehepaar Aguinaldo› geführt. So hießen sie.»

«Sie waren verheiratet.»

«Jawohl, mein Herr. Und zwar kirchlich.»

«Ist der Fall abgeschlossen?»

Der Sargento mustert Carvalho über die Brillengläser hinweg kritisch.

«Bei uns wird kein Fall abgeschlossen, der nicht gelöst ist. Im Moment sieht es nach einem abergläubischen Verbrechen aus, das heißt, nach einem Ritualmord. Nach unseren Informationen war das Paar Anhänger einer sogenannten ‹Sekte der Totalen Liebe›. Der Anführer der Sekte ist ein Italiener, der zwischen Altea und Calpe wohnt, aber interessanterweise in den Tagen, in denen das Verbrechen verübt wurde, nicht in Spanien war.»

«Hat die Sekte viele Anhänger?»

«Ja, es sind einige, jawohl. Ich weiß nicht, was los ist, aber in unserer heutigen Welt, in der nichts mehr respektiert wird, gibt es mehr Religionen denn je.»

«Die Malerin, ihr Mann...?»

«Nein, das ist etwas anderes. Subkultur, würde ich sagen. Sie glauben an gar nichts. Wenn man die in Ruhe nackt in der Sonne liegen läßt, dann sind sie zufrieden. Sie leben seit Jahren hier. Ich weiß nicht, wovon, aber sie leben.»

«Das sind die, die mich engagiert haben.»

«Sie werden schon sehen. Ich habe Anweisungen, Ihnen zu

sagen, was ich Ihnen sagen kann, und nicht zu sagen, was ich nicht sagen kann.»

«Ich bin Ihnen sehr dankbar. Ich nehme an, Sie haben die Sektenmitglieder vernommen.»

«Sehr gut kombiniert. Der Gedanke kam uns sofort. Zuerst ich selbst, dann Inspektoren aus Madrid und Valencia. Wir behielten einen Freund von Paolo ‹El Hippy› hier, einen halb verrückten Polen, der gefährlich wird, wenn er seinen Anfall bekommt; aber wir mußten ihn wieder laufenlassen.»

«Drogen?»

«Soviel sie bekommen können. Weiche, sagen sie. Denen würde ich schon eine weiche Dröhnung verpassen! Zum Steineklopfen würde ich sie schicken.»

«Wo finde ich diese Sektenleute?»

«Gehen Sie ins Dorf; die ganzen Trödelstände an der Uferstraße gehören ihnen.»

«Paolo ‹El Hippy›?»

«Wenn er nicht in der Diskothek ‹El Piyayo› ist, predigt er am Strand. Eine Kirche unter freiem Himmel! Sie machen, was sie wollen. Wenn man denen die Hand gibt, nehmen sie den ganzen Arm. Unter ihrem duckmäuserischen Deckmäntelchen sind diese Hippies subversive Elemente.»

«Die Hippies sind fast überall auf der Welt ausgestorben.»

«In Spanien jedenfalls nicht. Man sagt doch immer, wir würden der Entwicklung hinterherhinken? Sogar damit. Die würde ich alle zum Straßenbau schicken!»

Der Sargento glaubt an öffentliche Investitionen und ist bereit, die spanische Wirtschaft durch den Bau von Straßen vorwärtszubringen. Das ist Carvalhos Gedankengang, aber der kleine Beamte versteht ihn nicht oder will ihn nicht verstehen. Carvalho ist für ihn nicht mehr als Geräusch, das den normalen Investigationsprozeß stört, das wohlbekannte Schreibmaschinengeklapper, die rituellen Fragen und den erworbenem Scharfsinn, der vom Mangel an Zeugen und anspruchsvollen Kritikern profitiert. Den Sargento stört es, daß er wegen dieses Eindringlings anders sein muß, und er hält ihn auf Distanz.

«Vergeuden Sie Ihre Zeit nicht! Diese Dinge brauchen eben Zeit. Vor zwei Jahren wurde eine Deutsche mit durchgeschnittener Kehle am Strand gefunden. Es wimmelte plötzlich von Journalisten und Müßiggängern, die mehr im Weg waren als halfen. Dann war das Thema so breitgetreten, daß sie es leid wurden, und nach sieben Tagen war keiner mehr da. Nur die Guardia Civil. Die Guardia Civil wird immer dasein.»

«Gelang es Ihnen, den Täter zu finden?»

«Ja. Aber es war praktisch umsonst. Er schaffte es, abzuhauen, und im Moment ist er noch nicht gefaßt. Eine Frage der Zeit. Davon haben wir hier genug, Meer und Zeit.»

Paolo «El Hippy» predigt seiner Herde. Er ist ein großer Mann mit langen Haaren, schwarzem Bart und einer safranfarbenen Tunika, die bis zu den bloßen Füßen reicht. Die Wellen laufen im Sand aus, als weigerten sie sich, bis zu seinen Füßen vorzudringen. Fünfzehn bis zwanzig junge Männer und Frauen lauschen seinen Worten.

«Die Bosheit existiert nicht. Es gibt die Angst davor, daß die andern böse sind. Auch die Güte existiert nicht. Es gibt die Angst davor, nicht gut zu sein. Es liegt keine Liebe darin, gut oder böse zu sein nach den Maßstäben, die man uns gelehrt hat. Die totale Liebe ist der Verzicht auf konventionelle Moral; in der Moral sein heißt, in der Liebe sein und weder Aggression noch Belohnung zu erwarten. Offen für den Nächsten, für sich selbst, für die andern – im Warten auf die Erleuchtung, diesen Augenblick, in dem Gott in einem Orgasmus der totalen Erkenntnis vom Menschen Besitz ergreift.»

Ein Mädchen steht auf und fragt mit bebender Stimme: «Wie kann man glücklich werden?»

«Was wünschst du dir?»

«Wie das Meer zu sein.»

«Steig ins Meer!»

Das junge Mädchen steht auf und geht zum Meer. Sie geht ins Wasser. Anscheinend ohne den Biß der Kälte zu fühlen, geht sie bis zur Taille hinein, bis zu den Schultern, und taucht unter. Argwöhnische, vertrauensvolle und alarmierte Blicke unter den Anwesenden; nur Paolo «El Hippy» schaut nicht hin. Er hat die Augen geschlossen und die Arme über der Brust gekreuzt. Die Unruhe unter den Anwesenden wächst. Einer macht Anstalten, aufzuspringen und der Verschwundenen zu Hilfe zu eilen. Aber als er es tut, öffnen sich die Augen von Paolo, wütend, und er hält den besorgten Jungen mit dem Arm auf.

«Misch dich nicht in fremde Schicksale!»

«Sie ertrinkt!»

«Du bist es, der ertrinkt. Schau her!»

Die Blicke erfassen, wie das Mädchen dem Meer entsteigt, wieder zum Strand geht und mit einem feuchten, glückstrahlenden Ausdruck ankommt, obwohl ihr Körper zittert, an dem die nasse Tunika eng anliegt. Ein anderes Mädchen, anscheinend Paolos Assistentin, hüllt sie in eine Decke, während die liturgische Badende trotz des Zähneklapperns das glückselige Lächeln nicht verliert. Die Gruppe versenkt sich in Meditation, ebenso Paolo «El Hippy». Plötzlich taucht der Prediger aus seiner Versenkung auf und geht gemessenen Schrittes über den Sand davon. Nach einigen Sekunden bemerkt er die Gegenwart eines anderen, der neben ihm geht.

«Ist dir noch keiner ertrunken?»

Paolo «El Hippy» hebt die Augenbrauen mit einem wütenden Gesichtsausdruck, der erstarrt, als er feststellt, daß es Carvalho war, der gesprochen hat. Carvalho geht weiter gemächlich über den Sand, obwohl der andere stehengeblieben ist, und erwartet anscheinend, daß der andere ihm nachkommt. Das tut Paolo «El Hippy» auch.

«Kennen wir uns?»

«Offensichtlich. Unbekannte duze ich nicht.»

«Ich erinnere mich nicht an Sie.»

«Ich mich sehr gut an dich. Du warst einer der Stars der Nächte in Barcelona am Ende der sechziger Jahre.»

Paolo «El Hippy» geht neben Carvalho her, blickt sich nach der reglos in Trance sitzenden Gruppe am Strand um, schaut wieder Carvalho an, und ein Grinsen breitet sich auf seinem finsteren Gesicht aus, immer mehr, bis er in offenes Gelächter ausbricht.

«Das ist das letzte, womit ich gerechnet hätte – dich hier zu treffen!»

Carvalho grinst ebenfalls.

«Du bist ein Schlitzohr. Eine schöne Art, seinen Lebensunterhalt zu verdienen!»

«Du verstehst mich nicht, Pepe. Du hast mich noch nie verstanden. Ich verdiene meinen Lebensunterhalt, aber ich helfe den Leuten damit. Die Leute brauchen den Glauben an etwas.»

«Wie Irma? Brauchte Irma auch den Glauben an etwas?»

Paolo «El Hippy» blickt zu Boden.

«Es war ein Irrtum.»

«Es war der perfekte Mord.»

Trotz der Worte des Detektivs verschwindet das Grinsen nicht von seinem Gesicht.

«Du bist wie der Hundefänger. Sammelst streunende Hunde ohne Halsband ein und bringst sie um.»

«Das ist deine Ansicht. Was treibt dich hierher?»

«Pablo und Virginia.»

«Eine romantische Tragödie.»

«Ein Doppelmord.»

«Das auch.»

Ein altes Fischerhaus, mit exquisitem mönchischem Geschmack eingerichtet. Paolo reicht Carvalho ein Tablett.

«Was ist das für eine Schweinerei?»

«Natürliche Lebensmittel. Frisch gemolkene Milch, Datteln...»

«Ich passe. Ich bin auf Diät.»

Paolo zuckt die Schultern. Er setzt sich auf orientalische Art und ißt von seinem Tablett. Carvalho kauert auf unbequemen Sitzpolstern am Boden.

«Gibt es in diesem Haus keinen Stuhl?»

«Nein. Der Stuhl ist ein widernatürliches Artefakt. Er widerspricht der Anatomie des Menschen.»

«Ihr setzt euch, als seien wir zum Kacken auf der Welt.»

Carvalho mustert Paolo abschätzend, während dieser lächelt.

«Paolo ‹El Hippy›, ein schöner Deckname! Pedro Ertox Corominas, *licenciado* in Wirtschaftswissenschaften...»

«Doktor.»

«Doktor der Wirtschaftswissenschaften, Sohn von Gabardinefabrikanten, in fortschrittlichen Kreisen Barcelonas besser bekannt unter dem Namen Gabardinetti...»

«Den Spitznamen hast du mir angehängt, damals, als wir in der Partei waren und du mich nicht leiden konntest, weil ich dir immer wie ein feiner Pinkel vorkam.»

«Orthodoxer Kommunist, dann orthodoxer Liberaler, orthodoxer Makrobiotiker, orthodoxer Buddhist... und heute?»

«Ein Relikt. Nichts weiter als ein Relikt.»

«Als man mir von Paolo ‹El Hippy› erzählte, ahnte ich sofort, daß du das bist. Du hast dich schon in Barcelona in den letzten Jahren deiner Herrschaft so titulieren lassen.»

Paolo lächelt immer noch und ist gerade mit seiner Mahlzeit fertig, als drei Mädchen das Zimmer betreten, die dieselbe Tunika wie er tragen.

«Keops, Kefrén und Mikerino... Pepe Carvalho.»

«Wer hat Ihnen diese Pyramidennamen gegeben?»

Die drei Mädchen sind durch Carvalhos Frage verunsichert. Paolo beruhigt sie.

«Regt euch nicht auf. Er ist ein weißer Mann.»

Die Mädchen warten auf Anweisungen.

«Meine Schwestern! Der Mond ist aufgegangen. Geht und meditiert, bis ich mit dem weißen Mann zu Ende gesprochen habe!»

Die Mädchen gehen auf die Terrasse hinaus. Carvalho ist aufgestanden.

«Dein Harem?»

«Meine Zöglinge. Sie wurden mir von ihren Eltern anvertraut, damit ich sie von den harten Drogen wegbringe. Sie haben sich massenhaft Heorin gespritzt. Jetzt glauben sie an mich und an die Liebe.»

«Warum hast du mich einen weißen Mann genannt?»

«So nennen wir die Ungläubigen, die sich hartnäckig weigern, die Wahrheit zu sehen.»

«Pedro...»

«Paolo...»

«Du bist ein Schlitzohr.»

«Ich bin ein Hinterbliebener und ein Erlöser gefallener Seelen. Wenn ich nicht wäre, würden diese Mädchen auf den Strich gehen, um ihren Schuß zu bekommen, und würden ihrer Familie das Leben zur Hölle machen oder ihre Ehen zerstören. Ich bin wie ein Arzt, der sie in dieser Ecke der Welt in seiner Klinik pflegt und mit Phantasien, Hoffnungen und der Illusion einer anderen Realität versorgt. Die Droge bin ich. Eine weiche, ganz weiche Droge.»

Er spricht über seine Umgebung, als sei er unerreichbar für das Drama, und doch waren für Carvalho die verstümmelten Leichen von Pablo und Virginia hinter dem wohltätigen und erlöserischen Film, den er ihm vorspielte, sichtbar. Das Komische ist eine nichtexistente Kategorie, hatte ihm einmal irgend jemand gesagt, oder er hatte es irgendwo gelesen. Es gibt nichts auf der Erde, was nicht in erster Instanz dramatisch und in letzter tragisch wäre. Das Lachen ist stets die Maske eines Totenkopfs, und vor der idyllischen Szenerie, die Paolo beschwört, stehen die Gesichter der ermordeten jungen Leute, und dahinter der Schädel des Todes.

«Aber in diesem Paradies gibt es Tote. Die Deutsche, die vor zwei Jahren geköpft wurde... Jetzt Pablo und Virginia.»

«Die Natur imitiert die Kunst.»

«Was meinst du damit?»

«‹Pablo und Virginia› ist der Titel einer romantischen Erzählung.»

«Deine Mädchen interessieren mich nicht. Die sind lebendig. Erzähl mir von Pablo und Virginia!»

«Ich hatte ganz vergessen, daß du Privatdetektiv bist. Ihr seid genau wie die Polizei, ihr interessiert euch nur für Diebe und Mörder.»

«Übertreib nicht! Normalerweise investigieren wir nur Dummheiten, die von Dummköpfen im Auftrag irgendeines Idioten begangen werden.»

«Der Hinterbliebene bist du. Ich werde dir von den beiden Leichen erzählen. Aber laß mich sie zuerst mental beschwören.»

Damit schließt er Augen und Mund.

«Als Pablo und Virginia ankamen, wußte ich sofort, daß wir uns verstehen könnten. Ihr Weg wär ähnlich wie meiner, wir waren uns sogar schon einmal in Angkor begegnet. Kennst du Angkor?»

«Nein.»

«Als man noch nach Laos fahren konnte, war es ein obligatorischer archäologischer Wallfahrtsort. Pablo und Virginia trugen das Stigma der Kinder aus gutem Hause. Sie fielen mir sofort auf, denn sie waren wie ich. Sie stammten aus der Madrider Subkultur. So wie wir in Barcelona meistens Kinder wohlhabender Kaufleute waren, so waren sie in Madrid beispielsweise Sprößlinge von Chorizo-Fabrikanten oder Biskuitherstellern, mit viel Geld. Es war ein typisches Paar, das Angst hat, so wie die Eltern zu werden, und sie versuchten jeden Tag, die Realität neu zu erfinden. Als ich ihnen hier begegnete, hatte ich schon das mit der Totalen Liebe angefangen, und sie schlossen sich ganz distanziert der Sache an, das heißt, zum Spaß und doch nicht zum Spaß. Verstehst du?»

«Sie stiegen in das Spiel ein.»

«Das ist es.»

«Um sich lustig zu machen?»

«Um sich nicht allein zu fühlen.»

«Und die übrigen? Die Malerin, ihr Mann...»

«Ach so, ja. Das sind im Grunde weiße Menschen, die das ganze Leben Urlaub machen wollen, wie die Gestalten von Scott Fitzgerald.»

«Sie glauben nicht an dich.»

«Sie glauben nur an ihren Magen und ihre Ängste. Sie sind ebenso puritanisch wie meine Eltern, aber das können sie vor sich selbst nicht zugeben. Sie besitzen in Madrid gutgehende Antiquitätengeschäfte, wo ihre Anwesenheit nicht gebraucht wird, oder sind Wolkenkratzerarchitekten, die schon genügend viele davon gebaut haben, um von ihren Zinsen zu leben, oder Schriftsteller, die nach und nach die halbe Provinz verkaufen, die ihnen ihr Papa hinterlassen hat, der faschistische Großgrundbesitzer, und sie gehen wie Waisenkinder durchs Leben.»

«Du kannst sie nicht gut leiden.»

«Ich kann sie überhaupt nicht leiden.»

«Und sie dich?»

«Ich bin die verbotene Frucht. Wenn sie von mir essen, überschreiten sie ihre Grenzen. Aber sie respektieren mich, und die Mutigsten spielen ab und zu.»

Carvalho deutet auf das Tablett. «Mit den Datteln?»

«Das wäre nicht schlecht für sie, denn sie führen ab. Nein, sie spielen mit dem, wofür sie mich halten oder was ich für sie repräsentiere.»

«Womit?»

«Mit der Grenze der Rationalität. Mit dem Schatten des Wahnsinns.»

«Dora.»

«Die wandert von Bett zu Bett und tut, was sie nicht lassen kann. Sie ist nymphoman.»

«Wer hat Pablo und Virginia umgebracht?»

«Derselbe, der Kennedy umgebracht hat.»

Damit läßt sich Paolo «El Hippy» auf die Polster fallen und bricht in Gelächter aus.

«Oswald? Ruby? Die CIA? Wer tötete Kennedy, Carvalho? Deine Frage ist die letzte, die ich beantworten könnte und die ich beantworten wollte. Ich habe ihnen den Tod nicht gewünscht, aber es interessiert mich auch nicht, wer sie umgebracht hat.»

Die Mädchen kommen nach einem Zeitplan zurück, den nur sie und Paolo kennen; eine Hierarchie der Heimkehr und des

Sich-Niederlassens in den Winkeln der Welt, die Paolo für sie aufgebaut hat. Eine bereitet das Essen zu. Eine andere setzt sich in den Lotussitz und atmet, wobei sie darauf achtet, daß die Luft in ihren Bauch strömt, als sei sie schwanger, um sie dann auszustoßen, wie man einen Eindringling liebenswürdig auffordert, das Haus zu verlassen. Die dritte hat zur Gitarre gegriffen und begleitet ein Lied, das nur sie selbst kennt. Paolo breitet die Arme über ihnen aus.

«Hier hast du die perfekte Keimzelle der Gesellschaft, ohne die Notwendigkeit, sie zu korrumpieren, indem man eine Familie bildet. Jede einzelne von ihnen hat eine ungeheuer interessante Lebensgeschichte. Luisa, erzähle meinem Freund deine Geschichte!»

Wie eine Geisha verläßt Luisa freudig ihre Yoga-Position, ohne daß es einer Orchesterouvertüre bedarf.

«Meine Eltern sind aus Gerona und beim *Opus Dei.* Sie haben sehr viel Geld und wollten, daß ich einen der Führer des Kreistags heirate, einen von *Convergència i Unió*, der Partei von Pujol, der die Kaziken im Oberen Ampurdán kontrolliert. Zuerst hörte ich auf sie, aber dann, wenn ich nur an meine Zukunft als Ehefrau dachte, wurde ich depressiv und begann mit Joints; dann nahm ich alles, was ich kriegen konnte, bis ich ganz unten war. Ich habe alle Arten von Therapien hinter mir und bin immer wieder auf die Schnauze gefallen, bis ich hierher kam.»

Paolo hört befriedigt zu und bemerkt: «Nicht nur Luisa hat sich verändert. Wenn ihre Eltern zu Besuch kommen, wohnen sie hier im Haus und nehmen jeden Morgen an meinen physischen und psychischen Übungen zur geistigen Entgiftung teil.»

Ironie liegt im Blick von Paolo, genau entsprechend dem kontrollierten Abscheu im Blick von Carvalho.

Die Inschrift läßt ihn stehenbleiben, die immer noch an der Wand zu sehen ist.

Ihr sollt weder Krieg führen noch Liebe machen.

Er verläßt das Haus des Verbrechens und schaut über die Steilküste hinunter. Der Anblick des winterlichen Meeres unter den Wolken läßt ihn schaudern, als steige eine tiefe Kälte vom Wasser hoch. Das Geklingel von Ziegenglocken läßt ihn sich umwenden und zusehen, wie sich die Tiere im Gebüsch ums Haus herum verteilen. Da steht der Schäfer, aufrecht, und schaut ihn scheu an, während er sein Gewicht auf einen langen Stock stützt. Carvalho grüßt ihn mit einer Kopfbewegung, und der Hirte hebt kaum die Hand. Aber Carvalho faßt die Geste als Einladung auf und nähert sich ihm.

«Guten Abend.»

Der Hirte nickt und versucht zu lächeln, so daß sich sein Mund mit dem letzten Zahn wie eine stille Höhle öffnet.

«Sie waren es, der die Toten gefunden hat.»

«Ja.»

«Wie heißen Sie?»

«Chanquete.»

«Sie sind sehr bekannt hier an der Küste.»

«Es heißt, ich sei ein guter Mensch, aber ich bin ein Narr. Sie sagen, ich sei ein Philosoph, aber ich bin ein Idiot.»

Carvalho überspielt die unvermeidliche Dosis Verblüffung und reicht ihm eine Zigarre. Die Augen des Hirten werden groß, und er schnappt die Zigarre aus der Hand, die sie ihm hinhält.

«Die letzte Zigarre habe ich geraucht, als meine Schwester, die Schlampe, diesen Waschlappen von einem Schwager geheiratet hat.»

Der Schäfer mustert Carvalho prüfend, während er sich die Zigarre in den Tornister steckt.

«Sind Sie überrascht?»

«Warum es abstreiten.»

«Es ist immer dasselbe. Das Alleinsein macht uns ehrlich.»

Er wühlt in seinem Tornister und bringt ein Radio zum Vorschein.

«Wollen Sie die gesprochene Zwei-Uhr-Zeitung hören?»

Carvalho schaut nach, ob er sich über ihn lustig macht, aber der Mann setzt sich auf den Boden und schaltet den Apparat ein.

«Nicht daß plötzlich ein Staatsstreich passiert.»

Er setzt sich und hört mit großer Aufmerksamkeit zu. Sie hören die gesprochene Zeitung, und der Mann macht ständig seine Bemerkungen.

«Da sehen Sie's! Da sehen Sie's!»

Plötzlich schaltet er aus.

«Sie bringen es nicht. Das werden sie nie bringen. Sind Sie aus Alicante?»

«Nein.»

«In Alicante gibt es gute Menschen.»

«Hatten Sie mit dem Paar zu tun, das hier wohnte?»

«Jedesmal, wenn ich vorbeikam, ließ ich einen fahren.»

«Wieso?»

«Damit sie Bescheid wissen.»

Er schweigt nachdenklich, dann sagt er plötzlich ernst: «Sie hat mir ihre Titten gezeigt.»

«Wer? Virginia?»

«Nein. Die andere. Die, die die komischen Bildchen malt.»

«Die Malerin?»

«Die Farbkleckserin!» Er lacht über seinen Witz, zeigt noch einmal seine einzahnige Höhle und singt:

La cabra tira al monte,
tira al monte la cabra.
La cabra tira al monte,
tira al monte la cabra.*

Er beobachtet Carvalho und orakelt: «Alle Ziegen zeigen ihre Titten.»

Als er keine Antwort erhält, forscht er: «Stört Sie das?»

«Nein.»

* Die Ziege zieht zu Berge, zu Berge zieht die Ziege etc.

«Klar. Sie sind ja auch aus Alicante.» Damit zieht er befriedigt ab.

Dora ist dabei, eine kleine Bucht mit Kieselstrand zu malen. Sie trägt die Tracht der Malerinnen am Strand von Malibú, ebenso weit von Los Angeles entfernt wie von der Unendlichkeit. Carvalho nähert sich ihr von hinten und kann das Bild immer besser sehen; eine Zusammenstellung von Rhomben in verschiedenen Farben.

«Bei der Arbeit?»

Die Malerin zuckt zusammen und fährt herum.

«Sie? Sie haben mich vielleicht erschreckt!»

Carvalho sieht sich das Bild an.

«Gefällt es Ihnen?»

«Mein Geschmack ist sehr konservativ. Das letzte Bild, das mir etwas sagte, war *Das Pfarrhaus* von Fortuny.»

«Mein Lieber, das stammt ja aus den Höhlen von Altamira.»

Die Malerin mustert ihn von oben bis unten, und Carvalho erwidert ihren Blick. Er revanchiert sich.

«Was machen die Nachforschungen?»

«Ich habe nichts herausgefunden. Die Sektenleute scheinen mir harmlos zu sein. Sie sind wie ein Konvent von Verkäufern von hermetisch verschließbaren Picknickdosen.»

«Also?»

«Es kann alles mögliche gewesen sein. Eine Abrechnung, zum Beispiel. Das Paar hat von sehr verschiedenartigen Einkünften gelebt. Sie haben auf ihren Orientreisen Drogen geschmuggelt. Es könnten Dealer gewesen sein.»

«Und die Inschrift ‹Ihr sollt weder Krieg führen noch Liebe machen›?»

«Literatur. Um Verwirrung zu stiften. Um uns an einen Ritualmord glauben zu lassen.»

Dora sammelt ihre Siebensachen ein.

«Schluß für heute?»

«Ja.»

Als sie ihre Sachen eingesammelt hat, beginnt sie sich auszuziehen und steht nackt vor Carvalho. Dann geht sie zum Meer. Carvalho ruft ihr nach: «Wir haben November!»

«Ich weiß!» antwortet sie, bevor sie mit einem Hechtsprung hineinspringt. Sie krault mit kräftigen Zügen und schwimmt in einem Halbkreis wieder zum Ufer. Rennt an den Strand und holt ihr Handtuch, das im Sand liegt. Bedeckt sich teilweise damit, trocknet sich die Haare und frottiert energisch ihren Körper, der sich rötet. Dann kommt sie auf Carvalho zu, halb ins Badetuch gehüllt, und sieht ihn mit herausforderndem Lächeln an.

«Würden Sie mir gerne den Rücken abtrocknen?»

«Meine Spezialität ist es, Damen von vorne abzutrocknen, nicht von hinten.»

Sie kommt ein paar Schritte auf ihn zu.

«Sind Sie ein guter Spezialist?»

«Einer der besten.»

«Ich möchte es ausprobieren.»

Carvalho schaut sich nach allen Seiten um. «Ein sehr unbequemer Strand.»

Die Frau schaut nach oben, als wolle sie die Steilküste hinaufsteigen, wo man weit oben das Haus des Verbrechens sieht.

«Mögen Sie Häuser mit Geschichte?»

Der Aufstieg über den steilen Fußpfad, der vom Strand die Steilküste hinaufführt, erinnert Carvalho daran, daß er an der Schwelle des von den Soziologen so genannten Dritten Alters steht. Bei jedem Peitschenschlag der Erschöpfung fällt ein Blatt von seinem inneren Kalender, und die Unbeholfenheit seiner fünfzig Jahre läßt ihm den stoßweisen Atem einfrieren. Die Frau ist ihm weit voraus, dreht sich ab und zu nach ihm um und verspricht mit ihrem Lächeln eine Prämie des Geheimnisses und Genusses, sobald er oben angekommen ist. Carvalho verdrängt seine Befürchtung, daß ihm die Frau, sobald sie oben im Haus angekommen sind, ihr wahres Gesicht und ihre Reißzähne zeigen und ihn auffressen wird. Er folgt ihr getreulich in die Umarmung, die Nacktheit, das Gefühl von Kälte jenseits der beiden verschweißten Leiber, die sich vereinigen und auseinanderstreben in jenem Hin und Her von Achtung und Verachtung, die dem Liebesakt zu verbotener Zeit und an verbotenem Ort eigen sind. Er akzeptiert das leidenschaftliche Ungestüm der Frau, bis er gesättigt ist; dann beginnt er, ein beständiges weibliches Keuchen zu wecken, das nach Selbstgespräch klingt. Er schließt die Augen, um sich vorzustellen, er mache Liebe mit einer Frau, die er geliebt hat. Dann öffnet er sie wieder und läßt sich neben den Körper fallen, den er mit dem seinen bedeckt hat. Sie haben sich vor dem Kamin geliebt, und an der Wand ist immer noch zu lesen:

Ihr sollt weder Krieg führen
noch Liebe machen.

Sie bleiben ein paar Minuten liegen, versunken in die Betrachtung der Zimmerdecke, des Fensters, der leeren Tiefe des Zimmers, wortlos. Sie bewegt sich, sucht ihre Kleider, beginnt sich anzuziehen. Er tut dasselbe und tritt an ein halb offenstehendes Fenster. Er stößt es ganz auf, und im Rahmen erscheint, als sei er extra für ihn gemacht, der Schäfer, der einen Schritt zurückweicht, überrascht, aber gleichzeitig lächelnd und Carvalho betrachtend, als sei er der lebende Beweis für seine verrückte Logik.

«Sie sind schon aus Alicante zurück?»

«Ja. Ich bin schon wieder zurück.»

«Ich war einmal in Alicante, und man wollte mich übers Ohr hauen. Sie sagten zu mir: ‹Du bist hier in Madrid›, aber ich wußte gleich, daß sie mich reinlegen wollten.»

Carvalho schließt die Fensterläden und glaubt, in Doras Gesicht eine gewisse Anspannung zu entdecken, als er sich umdreht.

«Der Typ hat uns gesehen. Stört dich das?»

«Nein. Es macht mich einfach nervös. Das ist ein Irrer aus einem englischen Roman des neunzehnten Jahrhunderts.»

«Weniger. Er ist ein Operettentrottel.»

«Wie kommt es wohl, daß die Trottel in den Operetten immer mit aragonesischem Akzent sprechen?»

Tatsächlich, fragt sich Carvalho, warum spricht die Mehrzahl der Operettentrottel diesen Dialekt? Die Aragonier sollten protestieren. Aber sie läßt ihn nicht nach Lust und Laune seinen Gedanken nachhängen. Sie schmiedet mit lauter Stimme Pläne, die bei ihm wie ein Geräusch ankommen, das ihn beim Nachdenken stört. Nach und nach wird ihm klar, was sie da sagt. «Was kann unsere Affäre sein? Ein animalisches Rendezvous wie alle andern? In unserem Alter», betont Dora, «sind rein animalische Begegnungen eine Sache für japanische Sexualathleten. Wenn du nicht in die Illusion der Liebe investierst, reicht die Lust nicht. Aber du bist nur auf der Durchreise. Bald fährst du ab und läßt mich hier, mit dem Gefühl, immer dasselbe Bild zu malen.» Das ist dein Problem, denkt Carvalho, während er sich irritiert an das Bild erinnert, das er am Strand gesehen hat, und erlebt mit Empörung diesen Versuch, eine Seite verzwickter amouröser Literatur auf seine Kosten zu schreiben.

«Rezitierst du hinterher immer dieses Manuskript für eine Doktorarbeit?»

Aber sie steckt den Sarkasmus ein, wie ein Torwart einen dieser Bälle stoppt, die ihm der Mittelstürmer direkt in die Hände spielt.

«Mein Lieber, ich schäme mich schon lange nicht mehr, wie eine Heldin von Daphne du Maurier zu reden. Einige Jahre lang sprachen wir alle beinahe wie Monica Vitti in den Filmen von Antonioni, aber neulich sah ich *Die Eklipse* im Fernsehen, und Antonioni, die Vitti und diese ganze Kommunikationslosigkeit kamen mir vor wie totaler Quatsch. Heute sehe ich mir lieber diese Filme an, in denen die Musik schon vorher ankündigt, was man sehen wird, und wo die Gestalten wie in diesen englischen Komödien sprechen, die zwanzig Jahre lang auf dem Spielplan bleiben.»

Sie spricht immer weiter, die Verfluchte, aber Carvalhos Geduld wird noch auf eine viel härtere Probe gestellt, als sie sich eine Zigarette anzündet, zweimal daran zieht und dann an ihn weitergibt – ein Beweis physischer Komplizität, den er ekelhaft und obszön findet. Er lehnt die Zigarette ab und grunzt: «Ich rauche nur Zigarren.»

«Ich werde es mir merken. Heute abend machen wir ein gemeinsames Paella-Essen bei uns zu Hause. Wir erwarten dich, und ich hoffe, ich finde noch irgendeine Zigarre in der Schublade.»

Die Männer kochen, und die Frauen plaudern oder schenken sich Getränke ein, während Carvalho auf einer japanischen Uhr fernsieht. Ein weiblicher Körper baut sich vor ihm auf. Es ist Dora.

«Gefällt es Ihnen?»

«Erschreckend. Man kann auf die Sekunde genau feststellen, wieviel Zeit man durch das Fernsehen verliert.»

«Carlos hat das Gerät in Japan gekauft. Wir waren vor kurzem anläßlich einer Retrospektive seines Werkes dort. Carlos ist in Japan als Architekt sehr bekannt.»

In diesem Moment betritt Carlos den Salon seines eigenen Hauses.

«Wer spricht da von mir?»

«Ihre Frau.»

«Oh, mein Gott. Nein!»

«Ich sprach objektiv. Ich sagte, du seist in Japan sehr bekannt.»

«Die Paella ist fertig.»

Seine Worte üben eine mächtige Anziehungskraft aus. Kleine Schreie der Vorfreude und der wohlerzogenen Begeisterung für die Kunst des Essens.

«Bring keine Teller, Dora! Wir essen sie *à la valenciana*», sagt eine zerknitterte Fünfzigerin.

Der Chor stürzt sich, Gabel im Anschlag, auf die Paella. Carlos wartet ab, bis die erste Portion Reis verschlungen ist, und fragt: «Gut?»

Gutturale Laute der Zustimmung, sogar ein voller Mund, der sagt: «Wunderbaaar.»

«Und Ihnen?»

Es liegt eine gewisse Aggressivität in Carlos' Frage, die Carvalho gilt.

«Es kommt von allem, was ich im Leben kennengelernt habe, einer Paella am nächsten.»

«Sieh mal an! Unser Freund entpuppt sich als Platoniker! Diese Paella kommt seinem Ideal der Paella nahe!»

«Sagten Sie, ich sei Daltoniker?»

«Platoniker. Von Platon.» Damit eilt ihm eine der Tischgenossinnen zu Hilfe.

Aber der Blick, mit dem sich Carlos und Carvalho fixieren, ist bei dem Architekten voller Aggression und verhaltener Gewalttätigkeit, seitens Carvalhos von amüsierter Spannung. Dora greift ein. Sie legt die Serviette auf den Tisch, schiebt eine Hand unters Hemd ihres Gatten und streichelt seine Brust.

«Sie ist dir sehr gut gelungen, Carlos. Du weißt doch, daß Paella ein Aphrodisiakum für mich ist! Willst du mich haben? Hier? Jetzt?»

Carlos scheint sich zu entspannen, aber diese Illusion zerbricht, als er dem Tisch einen Fußtritt versetzt, so daß die Paella einen Satz macht, und unter Zuckungen wie ein Besessener schreit.

«Er hat einen Anfall!» schreit Dora.

Die beiden Männer stürzen sich auf Carlos, halten ihn an den Armen fest, und einer von ihnen versucht, ihm eine Serviette in den Mund zu stecken.

«Damit er sich nicht die Zunge abbeißt!»

Der Epileptiker bringt seine Bändiger zu Fall; alle drei wälzen sich am Boden. Carvalho betrachtet das Handgemenge aus der Entfernung, an die Wand gelehnt; kurz darauf fühlt er Doras Gegenwart, sieht sie an; sie ist sprachlos, schaut mit Angst und Ekel auf die Zuckungen ihres Mannes und mit Panik auf Carvalho selbst. Was ich nicht verstehe, erschreckt mich, vertraut sie ihm später an, als Carlos schon mit der Erschöpfung schläft, die der Krise folgt. Nein, es scheint ihr nicht logisch, daß ein so qualifizierter, maßvoller und vernünftiger Mann wie Carlos diese düstere und tiefe Krankheit in sich tragen soll. «Mein ganzes Leben lang habe ich versucht, die Krankheit zu ignorieren, auch die meiner Eltern. Als sie pflegebedürftig wurden, wollte ich sie kaum mehr besuchen. Es war kein Problem der Pflege, die konnten sie bezahlen, aber jedesmal, wenn ich sie sah, die wenigen Male, die ich sie besuchte, war ich hinterher krank. Krankheit, Schmerz, Tod – das erfüllt mich mit Entsetzen.» Während sie Dora mit Entsetzen erfüllen, berühren sie den Rest des Stammes kaum. Sobald Carlos nicht mehr im Mittelpunkt steht, nehmen die Gespräche den verlorenen Faden wieder auf; ab und zu stochern die Gabeln mit fingiertem Desinteresse in der Paella herum und suchen die vielversprechendsten, rundesten Häufchen aus. Jetzt wird gleich jemand sagen, das Beste sei die Reiskruste am Boden der Pfanne, denkt Carvalho, und tatsächlich sagt es ein gelbhäutiges, kränkliches Männchen mit der goldenen Rolex am Handgelenk und einem hartnäckigen Löffel, der nach der angebrannten Seele des Fraßes sucht.

«Schmeckt euch die Kruste nicht? Das ist das Beste!»

«Es hat mich verletzt, als du neulich die Geschichte mit Irma erwähntest. Ich tat nichts, mit dem sie nicht einverstanden gewesen wäre, ja, was sie nicht sogar unterstützt hätte. In der Nacht, als sie sich aus dem Fenster stürzte, war sie es, die das Rauschgift mitbrachte und die Orgie inszenierte.»

«Es war ein Tiefschlag. Tut mir leid.»

«Es tat nur kurz weh. Als ich darüber nachdachte, stellte ich fest, daß es weniger weh tat, als ich erwartet hätte. Das freut mich sehr. Ich bin drüber weg.»

«Auf dieser Insel konzentrieren sich die Egoisten und die Verrückten», sagt Carvalho.

Paolo unterdrückt die Absicht, Flöte zu spielen.

«Meinst du mich auch damit?»

«Dich auch. Da wird ein Mord verübt, mit allen nötigen Requisiten eines Ritualmordes. Blutüberströmte Leichen als Beweis für den Wunsch, mit blinder Wut zu töten. Aber in der Umgebung gibt es nur eine Bande von verschüchterten Katechisten unter Leitung eines Lebemannes wie du.»

«Vielen Dank.»

«Also liegt es nahe, daß man sich andere Möglichkeiten überlegt. Ein total verrückter Schäfer, eine Nymphomanin, die mit einem Epileptiker verheiratet ist, und eine Bande von Flüchtlingen vor dem Madrider Terror, die von freiberuflichen Zinsen leben. Ein Verbrechen, das nicht in den Rahmen paßt.»

«Mit boshaftem Vergnügen paßt es nicht.»

«Das ist es. Mit boshaftem Vergnügen.»

«Woraus man schließen kann, daß eine falsche Spur gelegt wurde, und versuch mal, rauszufinden, welche Tatsache aus der Vergangenheit hinter diesen Morden steckt. Asien ist ein Schaufenster des malerischen Elends für Chartertouristen. Aber für Schmuggler ist es ein hartes Pflaster, und Pablo und Virginia waren Schmuggler.»

«Rauschgift?»

«Nicht notwendigerweise. Ich weiß mit Sicherheit, daß sie einmal burmesische Rubine schmuggelten, eines der lukrativsten Geschäfte in dieser Gegend.»

«Und das endet tödlich?»

«Kommt darauf an, wie man es macht und gegen wen man es macht. Alle kriminellen Märkte haben ganz feste Regeln, sie sind kontrollierter als die normalen Märkte, und wer gegen den Kodex verstößt, ist verloren.»

«Weißt du etwas Konkretes, oder sind das Vermutungen?»

«Vermutungen.»

Paolo denkt nach und empfängt plötzlich eine geheimnisvolle Erleuchtung. «Da ist ein Aspekt, den du nicht kennst.»

«Schieß los!»

«Ich will nicht sprechen. Ich will, daß du siehst. Wenn du bereit bist zu sehen. Willst du sehen?»

«Was?»

Paolo fängt an zu lachen. «Siehst du? Wärst du bereit zu sehen, würdest du vorher keine Fragen stellen. Man selektioniert erst, nachdem man gesehen hat.»

«Also gut. Ich will sehen.»

«Dann kann ich etwas für dich tun. Heute abend erwartet dich dasselbe Schicksal wie Ali Baba, und es kann die Richtung deines Lebens verändern. Komm rechtzeitig, versteck dich dort, wo ich dir sage, und wenn alles soweit ist, werden wir rufen: ‹Sesam, öffne dich!› – und mit großem Getöse werden die Höhlen erscheinen, wo die Räuber ihre Schätze verbergen.»

Alle seine gewohnten Fixpunkte fehlen ihm: seine Umgebung von Personen, Dingen und Gesten. Das Pensionszimmer geht auf den Hafen von Jávea, wo die Fischbörse von morgens bis zum frühen Abend winterliche Verspätung ausstrahlt, wenn der Fisch ankommt und von den Händlern umringt wird, als gelte es, ihn zum zweitenmal zu fangen. Kein Biscuter, keine Charo, kein Bromuro und kein Fuster; weder sein Büro auf den Ramblas noch sein Haus in Vallvidrera, keine Küche, keine Flaschen mit kaltem Orujo – aus seiner «Schnapsothek», die in reziprokem Verhältnis zu seiner brennbaren Bibliothek wächst. Er kann nicht einmal Bücher im Kamin verbrennen und den langsamen Todeskampf der verbrannten Worte beobachten, die kämpfen, um aus dem Papier zu entkommen, das sie in einem dummen Unsterblichkeitsversprechen mumifiziert, für dessen Durchkreuzung schon das Feuer sorgt. An dem Tag des Paella-Essens bei Dora mußte er, als das brennende Feuerholz auf den Beginn des Kochens wartete, den Impuls unterdrücken, der Bibliothek einen Band des *Etymologischen Wörterbuchs der Spanischen Sprache* von Corominas zu entreißen. Nicht nur das höfliche Vorurteil hielt ihn davon ab, daß ihm weder das Buch noch das Feuer noch die Wohnung gehörten, sondern auch die Befürchtung, daß der Papierqualm den Geschmack der Paella verderben würde. Aber die Zeit der Melancholie geht zu Ende, und er muß zu der Verabredung mit Paolo. Je schneller er den Fall zu Ende bringen kann, desto schneller kann er zu der Verabredung mit sich selbst zurückkehren.

Es ist dunkel geworden über der Steilküste. Das Haus des Verbrechens hat eine obsessive Präsenz; es bestimmt die Landschaft, die der Mond über der Meeresfläche enthüllt. Paolo «El Hippy» liegt flach am Boden und sucht mit einem Fernglas den Horizont ab. Ein leuchtender Punkt nähert sich vom Meer her der Küste. Das Fernglas in Paolos Händen wandert hin und her zwischen dem Fischerboot und der kleinen Bucht mit dem Kieselstrand direkt unterhalb des Steilufers. Plötzlich reicht er Carvalho das Fernglas, der neben ihm liegt.

«Jetzt schau du! Vielleicht ist das die Erklärung!»

Carvalho schaut durch das Fernglas. Der leuchtende Punkt ist ein Motorboot, das in geringer Entfernung vor der Küste anhält. Zwei Männer springen ins Wasser und ziehen das Boot an einem Seil auf den Kieselstrand. Sie sind nicht allein. Am Strand umringt eine undeutliche Gruppe das Boot und nimmt die Bündel entgegen, die ihnen jemand vom Boot aus zuwirft.

«Schmuggel?»

«Du sagst es!»

«Was?»

«Alles. Aber hauptsächlich amerikanische Zigaretten oder Whisky.»

Carvalho beobachtet wieder das Geschehen am Strand, dann seufzt er auf, während er sein Urteil zurückhält und die Entfernung zum Haus des Verbrechens prüft.

«Sie hatten einen großartigen Beobachtungsposten.»

«Hier hat jeder einen großartigen Beobachtungsposten, aber vor allem sie, Pablo und Virginia. Niemand hatte damit gerechnet, daß eines Tages ein Yuppiepärchen kommen und ein Haus mieten würde, das wie ein Balkon über dem Treffpunkt der Schmuggler liegt.»

«Yuppies?»

«Du bist nicht auf dem laufenden. Das ist das englische Wort, mit dem man die ehemaligen Hippies bezeichnet, wenn sie sich wieder an das Leben der weißen Männer anpassen, also derer, die ich und meine Mädchen ‹weiße Männer› nennen.»

«Aber Pablo und Virginia waren doch, was sie immer gewesen sind.»

«Der Schein trügt.»

Die Motorbarkasse scheint die Ladung eines ganzen Ozeandampfers mitgebracht zu haben, wenn man nach der Menge an Säcken urteilt, die die Menschenkette zu dem Weg befördert, wo ein unersättlicher Lieferwagen wartet.

«Wenn du es weißt und sie es wußten, kann es alle Welt wissen. Die Guardia Civil selbst braucht nicht so zu tun, als wüßte sie nichts von der Ursache des Verbrechens.»

Er spürt Paolos kleines Lachen, wenn er es auch nicht sieht. Die Dunkelheit macht seinen Gefährten zu einer seltsamen liegenden Skulptur mit Fernglas. Seine Bewegungslosigkeit und Vorsicht warnen ihn, daß sie kein Spiel spielen und daß die scheinbare Leichtigkeit und Straflosigkeit des Spektakels nicht unvereinbar sind mit Unmenschlichkeit und Tod.

«Aber warum so blutrünstig? Zeugen beseitigen und im Blut der Leichen baden, also das ganz kulturelle Ritual um das Verbrechen, sind zwei verschiedene Dinge.»

«In der Tat. Es fällt schwer, sich Schmuggler vorzustellen, die sich in Intellektuelle verwandeln und subkulturelle Parolen an die Wände malen. Gut, jetzt hast du gesehen. Und was nun?»

«Jetzt liegt die Verantwortung bei mir. Handeln oder nichts tun, das ist die Frage.»

«Genau.»

Carvalho denkt nach und gibt seinem Begleiter schließlich einen Klaps auf die Schulter. «Geh!»

«Wieso?»

«Was ich tun will, kann gefährlich werden, und das paßt nicht zu dir. Geh!»

«Gefahr mag ich nicht.»

Paolo steht auf und verschwindet in Richtung der Berge. Carvalho steht ebenfalls auf, geht aber zu dem Weg, der zum Strand hinunterführt. Ein seltsames Lächeln umspielt die Lippen von Paolo «El Hippy», das verschwindet, als er ein Geräusch hört und in Alarmbereitschaft stehenbleibt. Endlich kehrt das Lächeln zurück; er entspannt sich und bemerkt: «Ach, du bist's!»

Sobald er es gesagt hat, bleibt ihm kaum noch Zeit, Augen und

Mund aufzusperren und die Überraschung auszudrücken, die ihm der Dolchstoß ins Herz bereitet, während Carvalho weiter zum Strand hinuntersteigt.

Während er sich dem Strand nähert, versucht er, sein Verhalten zu analysieren. Bewege ich mich, oder werde ich bewegt? Was bringt mir diese Aktion? Ein Gesicht, das er kennt oder später mit Hilfe seiner eigenen Augen oder derer von Dora und ihrem Stamm, jedenfalls derer seiner Klienten, wiedererkennen kann. Vielleicht wäre es am folgerichtigsten, den Sargento aufzusuchen, aber wenn die Guardia Civil in ihrer über hundertjährigen Existenz nicht in der Lage war, herauszufinden, was an diesem Strand geschieht, was bringt es, wenn ich jetzt den Zuträger spiele? Die Guardia Civil ist nicht mein Klient und wird es hoffentlich nie werden. Das letzte Stück, das ihn vom Strand trennt; das Gelände wird noch steiler, es ist kaum etwas anderes als ein verwitterter und von flinken Füßen polierter Stein. Er kann keinen anderen Weg nehmen, um zu dem Pfad zu gelangen, auf dem der Lieferwagen hinuntergefahren ist und den er wieder heraufkommen wird. Er würde sonst entdeckt oder vom allzu unvorsichtigen Mondlicht verraten. Aber er kann die letzten Meter nur hinabgelangen, wenn er einen festen Standpunkt sucht und in den Sand springt; er riskiert dabei, Lärm zu machen. Er kauert sich nieder, um die Entfernung und den Schwung abzuschätzen, den er braucht, oder die eine Stelle ausfindig zu machen, wo der Untergrund das Geräusch des Aufpralls absorbiert. Seine Haut ist erregt, aber im Magen hat er einen Betonklotz vom Gewicht und der Festigkeit der Angst. Andererseits erreichen die dumpfen Stimmen der Akteure sein Ohr und laden ihn ein, mitzumischen, wie die Stimmen der Sirenen die Seeleute verlocken, ihnen in die Abgründe der See zu folgen. Es sind keine normalen Stimmen, warnt Carvalho sich selbst. Die eines Mörders kann dabeisein. Aber Carvalho bleibt nicht viel Zeit zum Nachdenken. Ein Stoß trifft ihn, und einen Moment lang schaut er in den Abgrund, während er taumelt und nach einem Halt sucht. Es ist unnötig. Ein Knüppelhieb auf den Kopf versenkt ihn in tiefere Fluten als die vor der Steilküste, und als er zu sich kommt, fühlt er sich wie in einer Szene aus einem Piratenfilm, den er einmal gesehen hat. Er liegt am Boden, und während die Decke hin und her schwankt und sich das Zimmer dreht, erkennt er einen Kreis von schlecht rasierten Männern mit Galgenvogelgesichtern, einige mit Baskenmützen, einige mit Skimützen, die ihre Gesichter verdecken. Eine heisere Stimme fragt: «Wo kommst du her, du Schwachkopf? Was hast du am Strand zu suchen?»

«Miesmuscheln.»

Ein harter Fußtritt in die Weichteile läßt ihn vor Schmerz aufheulen.

«Zeig's ihm! Das wird ihm eine Lehre sein, dem Schnüffler!»

Carvalho stellt fest, daß sie wieder im Haus des Verbrechens sind und daß er total umringt ist. Als er versucht, sich aufzurichten, dreht sich ihm immer noch der Kopf. Ein Mann betritt den Raum und unterhält sich mit dem Anführer. Dieser macht eine Kopfbewegung, und zwei Männer stehen auf. Zu viert gehen sie hinaus und folgen mit einer Laterne dem, der die Nachricht gebracht hat. Die Laterne bleibt über einem am Boden liegenden Körper stehen.

«Verdammt! Der Prophet!»

Paolo «El Hippy» sieht keinen an. Er wird nie mehr jemanden ansehen, aber seine Augen stehen offen, sein Herz ist zerschnitten und sein Mund blutig.

«Das gefällt mir überhaupt nicht. Los, jetzt aber so schnell wie möglich weg hier!»

Der Chef zieht eine Pfeife aus der Tasche und pfeift zweimal. Aus dem Haus kommen Carvalhos Bewacher gelaufen, einer nach dem anderen, die Schmuggelware auf dem Rücken, und verschwinden in der Nacht. Carvalho hat es inzwischen geschafft, aufzustehen; er geht auf die Tür zu, als hänge sie nicht fest in den Angeln, und bricht schließlich mit verdrehten Augen zusammen. Möwengeschrei weckt ihn, besser gesagt, es ist das erste Lebenszeichen, das an sein Ohr dringt, in dem immer noch das Echo des ersten Schlages nachdröhnt. Aber da sind nicht nur die Möwen am Himmel. Im Mittelgrund befindet sich das unrasierte, aber noch nicht bärtige Gesicht des Schäfers.

«Alicante, bist du besoffen? Bist du besoffen, Alicante?»

Wie der Papagei von John Silver aus der *Schatzinsel* oder besser wie ein sprechender Rabe, der einzigartige sprechende Rabe.

«Wenn du mitkommst, Alicante, zeig ich dir ein Stück Treibgut.»

Leck mich am Arsch, du Idiot, denkt Carvalho und versucht, mit den Händen Schmerz und Dumpfheit aus seinem Schädel zu vertreiben.

«Wenn meine Ziegen sprechen könnten, würden sie mir alles Treibgut zeigen, das hier an der Küste angetrieben wird. Aber das heute wird dir gefallen. Willst du es sehen?»

«Ich bin nicht zu Ausflügen aufgelegt.»

«Es ist ganz in der Nähe von hier. Sie haben ihm das Herz mit einem Dolch aufgeschnitten.»

«Wovon sprichst du? Was für Treibgut?»

«Komm mit!»

Er zögert. Dann findet er in die Vertikale und in die Realität, wenigstens das, was er als Realität wahrnehmen kann, und setzt sich in Bewegung, als gehe es darum, sich über seine Situation in der Welt hinwegzutäuschen. Der Schäfer geht mit Rücksicht auf seinen schwankenden Weggenossen langsam, aber seine Schritte halten nicht an, bis sie vor Paolos Leiche stehen, bei der sich in freudiger Erwartung Möwen versammelt haben und den Reiz der blauen Augen bestaunen, die der Tod zu opaken Kristallen gemacht hat, wie das winterliche Meer.

Der Sargento hat keine gute Laune. Das bemerkt Carvalho, obwohl sein Kopf verbunden ist und er sich in Decken verheddert fühlt, die ihn in einem Krankenhausbett festhalten. Der Sargento ist mit seiner altbekannten Schulkladde und einem anscheinend ebenfalls angeborenen Argwohn gekommen.

«Na, endlich wachen Sie auf!»

«Wer hat mich gefunden?»

«Die Patrouille. Bei einem Routinegang.»

«Wenn sie eine Viertelstunde früher gekommen wäre, hätten Sie in allen Zeitungen gestanden, Sargento, und das Große Verdienstkreuz von Isabella der Katholischen bekommen.»

«Ich brauche keine Kreuze. Was wollen Sie damit sagen?»

«Daß dort alle Schmuggler des Mittelmeeres versammelt waren.»

«Wenn wir immer zur rechten Zeit kämen, gäbe es keinen Schmuggel.»

«Das stimmt auch wieder.»

«Sind Sie von den Schmugglern zusammengeschlagen worden?»

«Sicher.»

«Und wer brachte Paolo um?»

Carvalho versteht im ersten Moment die Frage nicht, aber langsam bekommt die Assoziation von Paolo und Tod einen Sinn.

«Paolo umgebracht? Klar.»

«Mit einem einzigen Messerstich. Und man hat sie beide nach Sonnenuntergang zusammen aus Paolos Haus kommen sehen.»

«Stimmt. Es war Paolo, der mir den Logenplatz für das Schmugglerspektakel geschenkt hat. Dann ging er weg, und ich versuchte, zum Strand hinunterzukommen, um nachzusehen, wer da zugange war.»

«Wenn Sie wollen, gebe ich Ihnen die komplette Liste und stelle Ihnen jeden einzelnen bei Carlet in der Bar vor. Wir kennen sie alle. Aber was wir nicht wissen, ist, wann sie es tun und was sie schmuggeln.»

«Paolo wußte es aber.»

«Ihr Freund wußte zuviel. Manchmal ist einer neunmalklug und meint, er habe die Wahrheit gepachtet. Wie er, und so ist es ihm ergangen.»

«Also deshalb sind sie weggegangen.»

Carvalho erinnert sich an das plötzliche Erschrecken der Schmuggler. «Sie gingen plötzlich, als ihnen jemand mitteilte, daß sie die Leiche gefunden hatten. Jetzt verstehe ich alles.»

«Wen meinen Sie? Von wem sprechen Sie da?»

«Von den Schmugglern. Sie hatten mich in der Hand, und plötzlich verdufteten sie.»

«Vielleicht war es, weil die Streife der Guardia Civil kam.»

«Vielleicht. Aber davon hängt die Erklärung des Mordes ab. Wenn die Entdeckung der Leiche sie aufschreckte, heißt es, daß nicht sie es waren.»

«Das stimmt. Die Schmuggler aus dieser Gegend mögen zwar Gauner sein, aber keine Mörder. Ich wiederhole, sie treffen sich alle bei Carlet in der Bar, und ich kenne sie seit Jahren.»

«Tja, warum deutete dann Paolo an, daß der Mord an den beiden jungen Leuten mit dem Schmuggel zu tun hätte?»

«Absurd. Das mit den jungen Leuten war eine Abrechnung, entweder religiös oder politisch, denn seit das mit der Politik angefangen hat, kann man auf alles gefaßt sein.»

«Die Politik hat schon vor Tausenden von Jahren angefangen.»

«Sie wissen schon, was ich meine. Gut. Ich warne Sie. Sie könnten der nächste sein. Und es ist ein Typ, der sich auskennt. So sticht nur ein Profi.»

«Ist das Messer gefunden worden, mit dem Pablo und Virginia ermordet wurden?»

«Nein.»

«Es war dasselbe, mit dem Paolo erstochen wurde, stimmt's?»

Der Guardia Civil zögert und ärgert sich über sein eigenes Zögern. «Also, Mensch, das wäre ja noch schöner, wenn ich Ihnen das Geheimnis des Ermittlungsverfahrens verraten würde.»

Er steht auf und geht zur Tür, dreht sich dort noch einmal um und gibt mit lauter Stimme und erhobenem Finger die Empfehlung: «Sobald Sie sich erholt haben, ab nach Hause! Jetzt ist Schluß mit dem Detektivspielen!»

«In Anbetracht Ihrer Liebenswürdigkeit, Sargento, möchte ich Ihnen noch eine Frage stellen.»

Die Wut des Sargento verwandelt den Dreispitz in den Deckel eines kochenden Kessels. «Dann los!»

«War der Schäfer schon immer verrückt?»

«Ich hab ihn nicht zur Welt gebracht. Das könnte Ihnen nur seine Mutter beantworten. Er kam vor zwei oder drei Jahren hierher und war schon verrückt.»

«Ist er selbstständig?»

«Ja, die Ziegen gehören ihm.»

«Kaufte er die Herde hier, oder brachte er sie mit?»

Der Zivilgardist sprüht Funken. «Na hören Sie mal... Was soll die Frage!» Er schwankt, denkt nach. «Also ich weiß nicht... Er tauchte schon mit den Ziegen auf, und es fiel mir nicht ein, ihn zu fragen, woher er sie hatte.»

«Wo wohnt er?»

«In einer Baracke, die früher irgendwas anderes war. Aber sie ist dort oben, in der Wildnis. Ziemlich nahe beim Haus des Verbrechens.»

Carvalho nähert sich einer Hütte, die mitten in der Wildnis steht. Die Sonne hat ihren Höchststand erreicht, und das Meer glitzert in der Ferne, aber mit der winterlichen Trägheit eines schwerbeladenen Körpers. Carvalho schlägt ein paarmal an die Tür der Hütte. Keine Antwort. Die Tür steht fast offen. Er braucht nur einen Finger durch ein Loch zu stecken, damit sich der Riegel hebt, und schon steht er im einzigen Zimmer mit Herd, einem roh gezimmerten Eßtisch und einem Lotterbett. Carvalho inventarisiert konzentriert das Zimmer und ist schließlich frustriert und gleichzeitig verwundert. Er murmelt vor sich hin: «Nicht mal ein Foto. Keine Erinnerungen. Als ob der Typ vom Mars käme.»

Er verläßt das Haus und stöbert in der Umgebung herum. Da ist ein Pferch und ein kleiner Anbau, weiß gekachelt und mit den entsprechenden Werkzeugen zur Herstellung von Käse und Sahne bestückt. Er dringt in den Stall vor. Eine Menge schmutziges Stroh, eine niedrige, verfallene Tränke, ein Fenster zum Meer. Er schaut hinaus und stützt die Hände aufs Fensterbrett. Ein seltsames Gefühl bei der Berührung; er zieht die Hände zurück und schaut sie sich an. Sie sind rußgeschwärzt, und das Holz des Fensterbretts sieht verkohlt aus. Nicht nur das Holz des Fensterbretts. Auch der Boden, auf dem Carvalhos Füße stehen. Er versucht nachzudenken, glaubt aber ein Geräusch zu hören und tritt vom Fenster zurück, verläßt den Stall und geht wieder zum Haus.

Wieder schaut er zu einem Fenster hinaus aufs Meer, und seine Augen weigern sich, diese Ansichtskarte des Meeres so zu akzeptieren, wie sie präsentiert wird, als erinnere sie ihn an ein anderes, üppigeres Bild voller Würze und Bedeutung. In der Tat glaubt sich Carvalho zu erinnern, daß der Blick vom Stallfenster aus weiter und tiefer war, als seien die Ziegen verwöhnte Gäste, denen das beste Panorama vorbehalten war. Er geht zurück, um seinem optischen Gedächtnis recht zu geben oder es zu widerlegen. Er muß ihm recht geben. Vom Wohnzimmerfenster des Schäfers aus ist das Meer nur ein Vorwand. Vom Stallfenster aus ist es eine vielversprechende Welt voller Wege und vergangenen und zukünftigen Kielwasserbahnen. Er ist fasziniert vom Schauspiel des Meeres, einem Laken, auf dem sich die Strömungen abzeichnen und ihre Vielfalt von Blautönen den verschiedenen Tiefenbereichen und Transparenzen des Untergrundes zuordnen. Er läßt sich hypnotisieren, bis er sich willentlich wieder die Leichen von Pablo und Virginia vor Augen ruft, Zeugnis einer Grausamkeit, die die poetische Reglosigkeit der Landschaft negiert. Der Tod hat der Landschaft all ihre Unschuld genommen. Jetzt glaubt er von draußen ein Geräusch zu hören, aber der Blick aus der offenen Tür zeigt nur malträtiertes, mißgeborenes Gestrüpp, das sich bis zum Haus zieht. Er öffnet die Tür etwas weiter und sieht das Heer der Ziegen, stehengeblieben, als erwarte es den Befehl zur Invasion seiner eigenen Behausung. Er verläßt den Stall, ohne sich zu verbergen; für die Neugier des Schäfers hat er eine Entschuldigung parat. Aber der ist nicht da. Die Ziegen scheinen ihrem Instinkt überlassen worden zu sein und den Rückweg nach Hause selbst gefunden zu haben. Carvalho ruft, geht wieder ins Wohnzimmer, schaut sich um, sucht nahegelegene Wege ab und beschließt endlich, den Rückzug anzutreten und die versteinerten

Ziegen zu verlassen, die wie eine Herdenskulptur dastehen. Aber als er den Abstieg zur Straße beginnt, hält ihn die unbewegliche Figur des Schäfers auf, der mit ausgebreiteten Armen und hartem Blick wie ein verratener Gott dasteht.

«Alicante, Alicante, no te vayas palante.»*

«Guten Tag. Ich habe einen Spaziergang hierher gemacht, um zu sehen, ob Sie frischen Käse haben.»

«¿Queso fresco, queso fresco? Solo como lo que pesco.»**

«Haben Sie die gesprochene Zeitung gehört? Heute gibt es wieder keinen Staatsstreich.»

«Im Sommer kommt er, Sie werden schon sehen.»

Der Schäfer zuckt die Achseln. «Mir ist der Staatsstreich wurst. Ich bin Schäfer und bleibe auch einer. Und Sie wohnen weiter in Alicante.»

«Wenn Sie meinen.»

Carvalho legt sich die Hand über die Augen, um sie gegen die Sonne zu schützen, und der Schäfer sieht, daß sie kohlschwarz sind.

«Sie haben schmutzige Hände.»

Carvalho schaut sie an und sagt, ohne den Blick zu heben: «Ich habe mich auf das Fensterbrett im Stall aufgestützt, um nachzusehen, ob jemand drin ist, und es ist verkohlt. Hat es gebrannt?»

«Nichts. Ein kleines Feuer. Die Petroleumlampe ist mir runtergefallen. Ich habe keinen Strom.»

Er hat den verblödeten Ton aufgegeben, um etwas rational zu erklären. Carvalho grüßt ihn mit einer Handbewegung und geht an ihm vorbei nach unten. Als er an ihm vorbeigeht, murmelt der Schäfer zwischen den Zähnen: *«Alicante, Alicante, no te vayas palante.»*

Trotz seiner Geistesgestörtheit zeigt er kein natürliches Talent zum Dichter; selbstverständlich geht es auch vielen Dichtern so, die weniger geistesgestört und mehr Dichter zu sein scheinen.

* Alicante, Alicante, keinen Schritt weiter.
** Frischen Käse? Frischen Käse? Nur gefischt ist, was ich esse.

«Es ist absurd. Wir haben zweimal miteinander geschlafen, und du sagst immer noch Sie zu mir.»

«Nein, das ist nicht absurd. Es ist notwendig.»

«Soll ich dich auch siezen?»

«Es wäre wünschenswert.»

«Also gut. Wie Sie befehlen. Haben Sie wohl gevögelt?»

Ihre Brüste springen vor und fallen durch ihr notwendiges und attraktives Gewicht etwas nach unten, als warteten sie auf zwei liebevolle Hände, die sie hochheben. Ihr Körper schaut halb zwischen den Laken hervor. Sie haben sich ein Zimmer im Motel genommen, um zur Abwechslung nicht im Rahmen des Mordhauses miteinander zu schlafen. Auch ohne den Kitzel des Makabren war es wieder ein gelungener Abend, denn Dora besitzt die Meisterschaft des Seemanns, der auf allen Meeren zu Hause ist und es versteht, auf Carvalhos passivem Meer Stürme hervorzurufen, die Begierde eines Körpers zu wecken, der allzusehr auf ein argwöhnisches oder erinnerungsüberfrachtetes Gehirn hört, denn: Jede Bewegung führt früher oder später zum Untergang.

«Es geht dem Ende zu.»

«Was willst du oder was wollen Sie damit sagen?»

«Ich werde nur noch kurze Zeit hier sein. Ich habe so eine Ahnung, daß ich kurz vor dem Schlußakt stehe. Sie waren drauf und dran, mich zum Krüppel zu schlagen. Da ist etwas Künstliches in dieser anscheinend so natürlichen Landschaft. Vor allem ihr wirkt wie Ausschnitte aus einem Film mit Salons und Whisky, der über einer Steilküste spielt. Nicht mal die Ziegen des Schäfers scheinen mir echt. Sind sie nicht vielleicht aufblasbar?»

«Vielleicht ist es am besten, Sie gehen.»

Dora hat es mit einer gewissen Mutlosigkeit in der Stimme gesagt. Carvalho nimmt einen Schluck aus einem Glas mit billigem, halbtrockenem Sekt, einer echten Schweinerei.

«Sie sind mein Klient.»

«Nein. Tatsächlich hat die Gemeinschaft Sie engagiert. Die fünf oder sechs Familien, die untereinander etwas mehr Kontakt pflegen. Wir wollten diese Sache vom Tisch haben. Wieder entspannt und ruhig leben können in diesem Paradies. Wir haben nicht Madrid oder andere Orte hinter uns gelassen, um ständig diesen Druck zu haben. Einige sprechen schon davon, nach Lanzarote zu ziehen. Carlos beispielsweise. Ich werde nicht mit ihm gehen. Mir reicht's.»

«Sind Sie schon viele Jahre hier?»

«Zwei oder drei. In der Tat fand ich es nie aufregend. Wenigstens am Anfang nicht. Aber dann habe ich mich daran gewöhnt.»

«Waren Sie die ersten der Madrider Gruppe?»

«Ja.»

«Pablo und Virginia kamen später.»

«Ja.»

«Und Paolo ‹El Hippy› war bereits hier.»

«Ja. Was interessiert Sie das eigentlich?»

Carvalho seufzt mißmutig auf. «Ich weiß nicht. Sie kannten doch sicherlich den Polen, der im Zusammenhang mit dem Mord an dem Paar festgenommen wurde?»

«Es war einer aus Paolos Gruppe. Sie hielten ihn ein paar Wochen fest und ließen ihn dann frei. Das war der Zeitpunkt, als wir beschlossen, uns an Sie zu wenden; wir sahen, daß sie verunsichert waren und nicht weiterwußten.»

Carvalho stellt das Glas ab und steht auf. Dora kann sich nicht entschließen, sich anzuziehen.

«Schlafen wir noch einmal miteinander?»

Carvalho betrachtet ihre Brüste. «Nein. Es wäre Ihrem Mann gegenüber nicht fair.»

«Wenn Sie das wegen der Epilepsie sagen – die hatte er auch, als ich ihm treu war.»

Carvalho wendet sich zum Gehen. An der Tür dreht er sich um und sagt: «Sie sagten am ersten Tag, das Meer sei im Winter ein opaker Kristall. Aber hier ist es transparent. Man sieht alles. Diese Küstengegend ist eine Mine.»

«Was wollen Sie damit sagen?»

«Wen hielt Ihre Gruppe für den Täter?»

«Zuerst glaubten wir, es sei der Pole gewesen. Er war verrückt, und er war in Virginia verliebt.»

«Gut, der Pole war's nicht. Was dachten Sie dann, wer es war?»

«Eine von denen, die Paolo um sich scharte. Er selbst glaubte es auch. Als er verhört wurde, sagte er, er könne nicht für seine ganze Herde einstehen.»

«Daher also der Ritualmord.»

«Man kann das Spiel bis zu einem gewissen Punkt treiben, aber nicht bis zum Rand des Abgrunds, und es muß nicht den ganzen Abend Russisches Roulett sein.»

«Pablo und Virginia gehörten nicht zu Ihnen.»

«Nein, sie gehörten nicht zu uns.»

«Allmählich beginne ich zu verstehen.»

Die Streife der Guardia Civil heftet den Horizont fest, Schritt für Schritt – Hauptdarsteller eines Gehens, das keinen Anfang und kein Ziel zu haben scheint. Carvalho vergleicht diesen Eindruck mit seinem eigenen Gefühl. Bei anderen Fällen hat er sich verliebt, entweder in den Mörder oder in sein Opfer; in den Mörder vor allem, wenn er Züge eines Opfers hatte. Es gibt Leute, die ermordet werden, und solche, die sich ermorden lassen. Aber heute spürt er nicht einmal mehr Mitleid. Nichts und niemand ist so, wie es den Anschein hat, nicht einmal das Meer in seiner winterlichen Wirklichkeit, noch ohne das heuchlerische Lächeln, das es für die Sommergäste aufsetzen wird. Pablo und Virginia sind hier gestorben, wie sie an jedem anderen Ort ihres parasitären Lebens hätten sterben können. Paolo hat er nie gemocht; er war nicht mehr als ein Stück Erinnerung an eine Vergangenheit, in der Carvalho fatalerweise mit den Protagonisten der heutigen Realität in Kontakt stand, seien sie nun Minister oder Ermordete, Henker oder Opfer. In jener Minderheitsuniversität der fünfziger Jahre lernte man unweigerlich die Leute kennen, die dreißig Jahre später die Anführer der Guten und der Bösen sind, in einem Alter, in dem einen die Biologie dazu treibt, die letzten Stufen zum Erfolg oder zur Katastrophe hinauf- oder hinabzusteigen. Kein zusätzlicher emotionaler Wert also, lediglich der Wille, einen Auftrag auszuführen, den Dora gerade in Frage stellt.

«Wir bezahlen Ihnen dasselbe, und Sie reisen ab. Das hier ist kein Spiel mehr, es wird allmählich etwas gefährlich. Finden Sie nicht?»

«Ich versuche, das zu Ende zu führen, was ich begonnen habe. Das einzige Ethos, das ich noch habe, ist das berufliche.»

Aus diesem Grund ist er wieder vor dem Haus des Schäfers angekommen und hat sich zu Boden geworfen, weil er glaubte, ein Lebenszeichen wahrgenommen zu haben. Vielleicht eine kollektive Ausdünstung der nervösen Ziegen oder der herumstöbernde Schäfer, der Leute aus Alicante in allen vier Himmelsrichtungen ausfindig macht. Carvalho bleibt in der Nähe der Stallhütte liegen. Es ist tiefe Nacht; plötzlich bewegt sich drinnen ein kleines, nichtelektrisches Licht. Carvalho hat sich gegen die kalte feuchte Nachtluft gut angezogen und beobachtet angespannt das Überleben des Lichtleins. Schließlich hört man Autolärm, und Sekunden später hält ein Jeep auf dem Vorplatz. Ein Mann steigt aus und geht ins Haus. Carvalho schleicht vorsichtig näher und schafft es, zu einem Fenster zu gelangen. Drinnen sieht er den Schäfer und Carlos miteinander sprechen. Unruhe liegt in seinen Bewegungen. Carvalho drückt sachte gegen das Glas, um zu probieren, ob es nicht nachgibt und ihm gestattet, das Gespräch mitzuhören, aber es gibt nicht nach, und plötzlich ertönt hinter seinem Rücken scharfes Gebell. Der Hund des Schäfers steht ein paar Meter vor ihm, angespannt, bellend, bedrohlich. Die beiden Männer haben die Köpfe zum Fenster gedreht, und Carvalho macht einen Satz, der den Hund noch nervöser werden läßt. Die Tür ist aufgegangen, und Carvalho rennt den Berg hinauf. Er ist nicht allein. Die beiden anderen laufen ebenfalls. Carvalho nimmt einen Seitenpfad und muß plötzlich in vollem Lauf anhalten, denn vor seinen Füßen gähnt der Abgrund der Steilküste und das Versprechen des Todes. Er wendet sich um, und dort sind sie, Carlos und der Schäfer; sie kommen langsam auf ihn zu. Carvalho führt eine Hand zum Schulterholster und läßt sie dort. Die beiden haben die Bewegung wahrgenommen und bleiben stehen.

«Ach, Sie sind's! Sie haben uns einen schönen Schreck eingejagt. Wir dachten, es sei ein Landstreicher.»

«Ein Ziegendieb, zum Beispiel.»

«Man kann nie wissen.»

«Alicante, Alicante. Es ist der aus Alicante», bemerkt der Schäfer erfreut.

Carvalho tritt vom Rand des Steilufers zurück und geht auf sie zu, hält aber eine gewisse Distanz, als er vor ihnen steht. Er deutet auf den Weg und fordert sie auf, vorzugehen. «Bitte nach Ihnen!» Er hat die Hand immer noch in der Jacke. Die beiden Männer beginnen den Abstieg. Als sie die Schäferhütte erreichen, verabschiedet er sich mit einer Handbewegung und will weggehen.

«Nein, nein, Sie kommen mit uns!»

Bei Carlos' Worten ist der Schäfer erstarrt. Er dreht sich um und sieht Carvalho lächelnd an. «Welche Rolle spielt dein Freund eigentlich, Carlos?»

«Er ist nicht mein Freund.»

«Du hast ihn ins Spiel gebracht. Welche Rolle spielt er?»

«Endlich sprechen Sie wie ein normaler Mensch. Ich dachte, Sie seien verrückt.»

«Verrückten soll man nie über den Weg trauen! Welches Spiel spielt er?»

«Russisches Roulett!» antwortet der Architekt verächtlich.

Es liegt allzuviel Ruhe in seinen Worten, und Carvalho sieht sich vermehrt nach möglichen Garanten der Unerschütterlichkeit von Doras Mann um. Vielleicht ein Tick seiner Kaste. Diese Leute verlieren nie, auch wenn sie verlieren; sie verfügen nicht über die Redeweise und Körpersprache von Verlierern.

«Ich mache Sie darauf aufmerksam, daß die Guardia Civil Bescheid weiß und wir bald alle zusammen ein klärendes Gespräch haben werden.»

«Ich bin eben auf der Straße der Streife begegnet, und sie salutierten, als wäre ich der Admiral der Küstenwache.»

«Natürlich, der Streife habe ich nichts gesagt.»

«Sie haben überhaupt keinem Bescheid gesagt.»

Die Stimme hat das «Sie» gleichzeitig gekaut und ausgespuckt. Sie gehört Dora, und Carvalho entdeckt die Frau hinter einer Schrotflinte mit abgesägten Läufen, die auf ihn gerichtet ist.

«Aha, der Lauscher an der Wand.»

Carlos und der Schäfer haben erleichtert ihre Beweglichkeit wiedergefunden, von ihren hypothetischen Fesseln befreit; Carvalho sieht ein, daß Carlo die ganze Zeit auf Doras Anwesenheit vertraut hat.

«Ich nehme an, Sie werden nicht so dumm sein und mich hier exekutieren. Vor lauter Blutvergießen ist die Sache schließlich verloren. Eine Schrotflinte kann man von der Straße aus hören, und mit einem Dolch lasse ich mich nicht umbringen, dessen können Sie sicher sein.»

«Sie stehen noch immer in unseren Diensten und sind gewissermaßen unser Gast. Sie haben ein angenehmes Ende bei uns zu Hause verdient. Steigen Sie in den Jeep, und machen Sie keine Dummheiten!»

Carlos fährt. Der Schäfer setzt sich hinter Carvalho und Dora neben ihn; sie drückt ihm die Flintenläufe an den Adamsapfel, und in ihren Augen liegt die Grausamkeit eines frustrierten Tieres.

In Doras Salon verhält sich Carvalho wie einer, der nicht mitspielt, obwohl ihm gar nichts anderes übrigbleibt. Der Schäfer ist der Wortführer.

«Ich nehme an, Privatdetektive haben ein Berufsethos.»

«Sie sprechen wie eine gesprochene Zeitung. Übrigens, Ihre Tarnung ist gut. Aber dieser fürchterliche, leere Mund ist übertrieben.»

«Ich war Söldner, und die Zähne wurden mir in Biafra eingeschlagen. Aber ich besitze ein falsches Gebiß, das mich in New York fünftausend Dollar gekostet hat.»

«Wissen Sie, wann der Staatsstreich kommt?»

«Sehr witzig. Aber stellen Sie sich nicht schwerhörig! Ich biete

Ihnen gerade einen Weg an, wie Sie aus der Sache herauskommen können. Die Klienten, die Sie engagieren, haben ein Recht auf Ihre Verschwiegenheit, auf Ihr Berufsgeheimnis.»

«Nicht auf meine Komplizenschaft bei zwei Morden, besser gesagt bei vieren.»

«Im Rechnen war ich noch nie gut», bemerkt Dora.

«Es waren drei.»

«Vier, es sei denn, Sie erzählen mir, was aus dem Polen geworden ist.»

Die andern schauen sich gegenseitig an.

«Wie viele Steine waren nötig, damit er auf dem Meeresgrund bleibt?»

«Ist ja gut. Vier oder fünf. Es hängt von Ihnen ab.»

Damit hat der Schäfer die Karten auf den Tisch gelegt.

«Mein Berufsethos erlaubt mir nicht, mich zum Komplizen einer Serie perfekter Morde zu machen, noch viel weniger zum Komplizen eines Krieges zwischen Schieberbanden.»

«Der Junge denkt auf eigene Kosten», bemerkt der Schäfer zu den beiden anderen.

«Wären Sie so liebenswürdig, uns zu sagen, was Sie wissen oder vermuten?»

«Die Sache ist klar. Paolo ‹El Hippy› war der König dieser Gegend, bis Sie kamen. Ich kenne ihn, er war ein vorsichtiger Mann. Er muß Drogenhandel in kleinem Maßstab betrieben haben, für den Eigenbedarf, wenig mehr. Plötzlich fanden Sie, hier sei ein idealer Landeplatz, und beschlossen, sich hier als Madrider Freiberufler niederzulassen, die vor der Luftverschmutzung und der modernen Zivilisation geflohen sind. Aber Sie sind Schwarzhändler in großem Stil, und Paolo war Ihnen im Weg. Als die beiden jungen Leute aus gutem Hause kamen, sahen Sie einen Weg. Ein Ritualmord. Paolo und seine Sekte werden darin verwickelt. Sie zwingen ihn zu gehen oder bringen ihn ins Gefängnis, und die Küste ist frei von Konkurrenz. Aber die Polizei biß nicht an, unter anderem, weil Paolo wahrscheinlich ein indirekter Spitzel und als ungefährlich bekannt war. Dann heuerten Sie mich an, damit ich den Verdacht wieder anheize und den

Sektenleuten die Hölle heiß mache. Aber Paolo war auch nicht dumm und brachte mich auf die Spur des Schmuggels, das heißt, er zeigte mir den Weg, um herauszufinden, was wirklich vor sich geht. Sie brachten Paolo um und werden allmählich nervös, so sehr, daß Sie sogar an einen Ortswechsel denken.»

«Ich glaube, es wird nicht nötig sein», meint der Schäfer. «Sie werden dem Polen Gesellschaft leisten.»

«Sie sind der pittoreske Aspekt des Ganzen. Ein harmloser, verrückter Schäfer, der nachts Leuchtfeuer im Stallfenster anzündet, wenn die Ladungen ankommen... Was für welche? Sie werden es mir nicht sagen, aber hinter so vielen Toten kann nur Heroin stecken. Deshalb war der Fensterrahmen verkohlt. Ihr Spiel war gefährlich, Freundchen. Vor lauter Verrücktspielen hätten Sie schließlich wirklich der Dumme sein können.»

Der Schäfer mißbilligt Carvalhos Meinung mit mehrfachem Lippenschnalzen. «Bevor ich reich wurde, war ich auch einmal Schauspieler, und die Idiotenrollen waren meine Spezialität.»

«Hier der verrückte Schäfer, dort die feinsinnigen Intellektuellen, die das winterliche Meer genießen, wenn es ein opaker Kristall wird.»

Er schaut Dora an. Sie trägt die Bluse weit aufgeknöpft.

«Gewähren Sie mir einen letzten Wunsch?»

Sie sind verblüfft, und Carvalho steht langsam auf, nähert sich Dora mit einem Lächeln auf den Lippen und legt die Hände auf ihre Brüste. Carlos macht eine unerwartete, empörte Bewegung, um die Tugend seiner Frau zu verteidigen, und Carvalho schleudert die Frau gegen den Mann, so daß beide zu Boden fallen. Der Schäfer muß ausweichen, um nicht mitgerissen zu werden; Carvalho macht einen Satz über die Kissen und stürzt zur Tür. Dora hat die Schrotflinte wieder erwischt und schießt auf etwas, was bereits ein leeres Loch im Türrahmen ist, in dem nur die Nacht steht. Die nächsten Schüsse gelten Carvalhos Gestalt, die versucht, die Distanz zu seinen Verfolgern zu vergrößern.

«Halt!»

Fast gleichzeitig mit dem Schrei trifft Carvalho der Schlag eines Gewehrkolbens.

Er bewegt sich. Oder er wird bewegt. Das Auto rast durch den Tunnel, den das Geheul einer Sirene öffnet, ein sinnloses Geheul auf der einsamen Landstraße. Das Bewußtsein verlieren ist sein Schicksal, und er verliert es, ohne zu erraten, was für Gesichter ihn ansehen, was für Stimmen ihm von seltsamen Dingen erzählen, die nicht in sein durch die Schläge wieder einmal taub gewordenes Gehirn passen. Er erwacht mit dem beklemmenden Gefühl, mindestens tausendmal den Gedanken wiederholt zu haben, daß Schläge auf den Kopf das Gehirn zerstören und daß er sich früher oder später mit den Händen an den Kopf fassen und statt dessen in eine gallertartige, blutige Masse greifen wird, die nicht einmal mehr schreien kann. Er sieht sich selbst, wie er, die zähflüssige, nutzlose Hirnmasse in den Händen, mit kraftlosen Schritten in Zeitlupe durch nächtliche Korridore läuft. Aber sein Gehirn ist noch in der Lage festzustellen, daß er sich in einem Krankenhauszimmer befindet, und als er ruft, erscheint der Dreispitz der Guardia Civil in der Tür und darunter ein junges, bäuerliches Gesicht, das ihn so antiseptisch ansieht, wie man Material für einen Bericht an die Vorgesetzten studiert. Er nickt wieder ein, etwas beruhigt durch die Sicherheit eines bewaffneten Schutzengels, und in dem widersprüchlichen Gefühl, sich von einem konkreten Polizisten beschützt zu wissen in einer Welt, in der jede bewaffnete Kraft eine globale, allgemeine Bedrohung darstellt. Er träumt oder erinnert sich an eine Reise mit Charo, als sein Auto in einer Sanddüne steckengeblieben war; ein Motorradgespann der Guardia Civil kam; anfängliches Mißtrauen, dann ein zum Scheitern verurteilter Hilfsversuch, Rückfahrt zum Hotel im Gespann, die beiden Zivilgardisten auf dem Motorrad und sie beide im Beiwagen; Charo auf seinem Schoß. Aber als Charo gerade Platz nehmen wollte, stoppte der Dienstältere ihre Absicht.

«Einen Moment! Sie sind doch verheiratet, oder?»

«Ja sicher!»

«Dann können Sie sich auf seinen Schoß setzen.»

Jetzt kehrt er in das zurück, was noch von ihm übrig ist, diesmal endgültig, wie es scheint. Er stellt sogar fest, daß er im selben

Krankenhaus ist wie bei dem ersten, erst kurz zurückliegenden Anlaß. Derselbe Kopfverband. Derselbe Sargento der Guardia Civil mit derselben Schülerkladde.

«Der Verband steht Ihnen gut. Sie lassen sich wohl gerne auf den Kopf hauen.»

«Diesmal wart ihr das.»

«Und es war noch ein Glück, daß wir aufgetaucht sind. Sonst wären Sie allegemacht worden. Die ganze Bande sitzt schon im Knast, dieses unverschämte Pack. Das mit dem Schäfer ist wie aus einem Roman, stimmt's?» Der Zivilgardist grinst sogar.

«Man wird Ihnen das Verdienstkreuz von Isabella der Katholischen verleihen!»

Der Sargento ärgert sich wieder.

«Ich will keine Kreuze. Ich will meine Ruhe! Ich hab es satt, in die Zeitung zu kommen. Und Sie, machen Sie, daß Sie hier so schnell wie möglich wegkommen!»

«Und Paolos Leiche?»

«Seine Familie läßt sie holen. Der Leichenwagen ist schon unterwegs. Ich sag's noch einmal: Gehen Sie! Kommen Sie im Sommer wieder! Zum Schwimmen. Aber im Winter lassen Sie uns Einheimische in Ruhe! Gönnen Sie uns die Erholung!»

Schimpfend zieht sich der Sargento zurück. Carvalho steht aus dem Bett auf, tritt ans Fenster, von dem aus man das Meer sieht, und läßt sich faszinieren, jetzt voller Vertrauen. Das Meer ist schön. Es sind die Menschen, von denen das Häßliche kommt.

Die Bürotür geht auf, und Carvalho kommt mit seinem Köfferchen herein. Biscuter kommt aus der Küche und trocknet sich die Hände ab.

«Hallo, Chef! Haben Ihnen die Ferien am Meer gutgetan?»

«Du machst dir kein Bild!»

«Caramba, Chef! Wer war das?» Er zeigt auf den Verband, der immer noch einen Teil von Carvalhos Schädel bedeckt.

«Zuerst die Räuber und dann die Gendarmen.»

«Die Extreme gleichen sich, Chef. Das sagte meine Mutter immer.»

Carvalho läßt sich müde und zufrieden in seinen Sessel fallen. «Na, Biscuter, was gibt's in diesem Hause zu essen?»

«Ich habe einen eingelegten *pajel**, nach dem Sie sich alle zehn Finger lecken werden!»

«Gekühlten Weißwein?»

«Ganz recht.»

«Dann los!»

Von der Küche aus fragt Biscuter: «Gab's hübsche Schwedinnen am Strand, Chef? Die Schwedinnen sollen ja im Winter zum Schwimmen hierherkommen.»

«Von sechzig Jahren an aufwärts.»

Mit dünner Stimme erwidert Biscuter: «Denen fällt auch nichts anderes mehr ein.»

* Eine Art Knochenfisch

Manuel Vázquez Montalbán

«Der originellste Neuzugang, den die Gilde der Detektive in den letzten Jahren erhielt, kommt nicht aus Amerika, sondern aus Spanien. **Manuel Vázquez Montalbáns** Detektiv heißt José Pepe Carvalho und ist in Barcelona zu Hause. Er hat in seiner Jugend der Kommunistischen Partei nahegestanden, dann aber eine ganze Weile für die CIA gearbeitet. Aber immer ist Carvalho ein großer Feinschmecker und ein vorzüglicher Koch geblieben - und auch anderen leiblichen Genüssen nicht abgeneigt.» Radio Bremen

Carvalho und der Mord im Zentralkomitee
(thriller 2717)

Carvalho und die tätowierte Leiche
(thriller 2732)

Carvalho und der tote Manager
(thriller 2680)

Manche gehen baden
(thriller 2834)
Ausgezeichnet mit dem zweiten Preis des Deutschen Krimi-Preises 1989.

Schuß aus dem Hinterhalt
(thriller 2955)

Tahiti liegt in Barcelona
(thriller 2698)
«Montalbán entwirft Personen, die einem im Gedächtnis bleiben, vom sportlich-dynamischen Aufsteiger über den korrupten Aristokraten bis zum innerlich verwahrlosten Millionärstöchterlein.» Süddeutscher Rundfunk

rororo thriller

Die Vögel von Bangkok
(thriller 2772)
«... ein schönes, lebendiges und todtrauriges Buch.» Frankfurter Allgemeine Zeitung

Zweikampf *Drei Carvalho-Stories*
(thriller 2909)

Zur Wahrheit durch Moral *Drei Carvalho-Stories*
(thriller 2930)

Ich tötete Kennedy *Eindrücke, Beobachtungen und Erinnerungen eines Leibwächters*
(thriller 2893)

«Wer einmal dem Charme des nordspanischen Schnüfflers Pepe verfallen ist, wird sowieso alle seine Abenteuer kennlernen wollen.» Viva

Sjöwall/Wahlöö

«Man konnte zwar schon 1963 die zunehmende Versumpfung der schwedischen Sozialdemokratie voraussehen. Aber andere Dinge waren völlig unvorhersehbar: die Entwicklung der Polizei in Richtung auf eine paramilitärische Organisation, ihr verstärkter Schußwaffengebrauch, ihre groß angelegten und zentral gesteuerten Operationen und Manöver... Auch den Verbrechenstyp mußten wir ändern, da die Gesellschaft und damit die Kriminalität sich geändert hatten: Sie waren brutaler und schneller geworden.» Maj Sjöwall

Die Tote im Götakanal
(thriller 2139)
Nackte tragen keine Papiere. Niemand kannte die Tote, niemand vermißte sie. Schweden hatte seine Sensation...

Der Mann, der sich in Luft auflöste
(thriller 2159)
Kommissar Beck findet die Lösung in Budapest...

Der Mann auf dem Balkon
(thriller 2186)
Die Stockholmer Polizei jagt ein Phantom: einen Sexualverbrecher, von dem sie nur weiß, daß er ein Mann ist...

Endstation für neun
(thriller 2214)

Alarm in Sköldgatan
(thriller 2235)
Eine Explosion, ein Brand - und dann entdeckt die Polizei einen Zeitzünder...

rororo thriller

Und die Großen läßt man laufen
(thriller 2264)

Das Ekel aus Säffle
(thriller 2294)
Ein Polizistenschinder bekommt die Quittung...

Verschlossen und verriegelt
(thriller 2345)

Der Polizistenmörder
(thriller 2390)

Die Terroristen
(thriller 2412)
Ihre Opfer waren Konservative, Liberale, Linke - wer aber die Auftraggeber der Terrorgruppe ULAG waren, blieb immer im Dunklen. Jetzt plante ULAG ein Attentat in Stockholm...

Die zehn Romane mit Kommissar Martin Beck
10 Bänden in einer Kassette
(thriller 2800)

«Sjöwall/Wahlöös Romane gehören zu den stärksten Werken des Genres seit Raymond Chandler.» Zürcher Tagesanzeiger

Per Wahlöö

«Der Schwede **Per Wahlöö** hat sich mit einem umfangreichen Werk als einer der markantesten europäischen Erzähler des dritten Viertels unseres Jahrhunderts profiliert.» Jörg Fauser
Per Wahlöö (1926-1975) studierte Germanistik, arbeitete als Korrespondent in Spanien. 1956 von Franco ausgewiesen, reiste er durch die halbe Welt, lernte 1962 Maj Sjöwall kennen und begann mit ihr gemeinsam, den Kommissar-Beck-Zyklus zu schreiben.

Foul Play
(thriller 2588)
«Der Blick, den Wahlöö auf die schweißgetränkte, dreckige Fußballposse in dieser hinterletzten Weltgegend wirft, ist so ungetrübt, daß wir uns alle in ihm spiegeln können.» tip

Die Generale
(thriller 2569)
Die Revolution der Befreiuung endet in der totalitären Diktatur der Generale. «Kunstvoll verknüpft Wahlöö die Verselbstständigung des Militärapparates auf der politischen Ebene mit der psychischen Deformation durch den Geist der Truppe.» Konkret

Unternehmen Stahlsprung
(thriller 2539)
«... die Horrorvision einer Gesellschaft, die selbst zum Verbrechen wurde und schließlich untergeht. Per Wahlöö war vielleicht noch nie so gut.» Norddeutscher Rundfunk

rororo thriller

Libertad!
(thriller 2521)
«Der beste Polit-Thriller zum Thema Südamerika ist bereits vor 25 Jahren geschrieben worden: Libertad!» taz

Das Lastauto
(thriller 2513)
Spanien zur Zeit der Franco-Diktatur.

Mord im 31.Stock
(thriller 2424)
«Dieses Buch ist eines der seltenen Fälle,in denen ein Kriminalroman weit über sich hinauswächst.» Frankfurter Allgemeine Zeitung
Hans Werner Fassbinder drehte nach diesem Buch seinen Film «Kamikaze 1989».

Von Schiffen und Menschen
Stories
(thriller 2889)
«... eignet sich wunderbar zum Lesen an Bord.» Segeln

Wind und Regen
(thriller 2625)

Serientäter

Jo Bannister
Selbstmord wider Willen
(thriller 2894)
Clio Rees kann es nicht fassen: Luke Shaw hat sich getötet. Selbstmord meint die Polizei, aber Clio hat Zweifel...

Robert Brack
Die siebte Hölle
(thriller 2941)
Oldtimer bringen´s besser als Bücher, meint der bankrotte Buchhändler Jercy Pacula, und überführt zwei Limousinen nach Lissabon...

Die Spur des Raben
(thriller 2906)

Howard Engel
Ein Opfer muß her
(thriller 2949)
Es hat lange gedauert, bis Privatdetektiv Benny Cooperman in ein eigenes Apartment umziehen konnte. Sein Freund, der Kunsthändler Pambos Kiriakis hat ihm geholfen, und da eine Hand die andere wäscht, sucht Benny jetzt verschwundene Kunstwerke...

Ticket für einen Toten
(thriller 2833)

Frank Göhre
Der Tod des Samurai
(thriller 2832)

Letzte Station vor Einbruch der Dunkelheit
(thriller 2795)
Es ist Ende der 50er Jahre. Am Baggersee wird ein totes junges Mädchen gefunden und für Kommissar Peter Gottschalk ist es der erste eigene Mordfall...

rororo thriller

Ross Macdonald
Reiche sterben auch nicht anders
(thriller 2496)

Triff mich in der Leichenhalle
(thriller 2594)
Die Rechnung der Kidnapper scheint aufzugehen: Der einzige Zeuge der Transaktion war ein Blinder...

Daniel Pennac/ Jean-Bernard Pouy/ Patrick Raynal
Machtspiele
(thriller 2961)
Die drei französischen Erfolgsautoren schrieben reihum je eines der 49 Kapitel. Das Ergebnis: der Plot rast...

Julian Symons
Entscheidung im Kreuzverhör
(thriller 2866)
Für die Partygäste ist die Sache klar: Solomon Grundy hat versucht, die junge Frau zu vergewaltigen. Als sie ein paar Tage später aufgefunden wird, gibt es nur einen Verdächtigen....

Der 31.Februar
(thriller 2871)

3024/1a

Serientäter

Larry Beinhart
Kein Trip für Cassella
(thriller 2873)
Ausgezeichnet mit dem «Edgar» 1986.

Zahltag für Cassella
(thriller 2932)
Bei Privat Eye Tony Cassella steht eine Steuerprüfung an. Genau in dem Augenblick, als er genügend Beweismaterial gegen den Justizminister persönlich zusammen hat...

Bob Cook
Arrivederci Roma
(thriller 2870)
Die Roten Brigaden haben den renommierten Wissenschaftler Scheib entführt. Aber diesmal mischt auch der englische Geheimdienst M16 mit...

Georg Feil
Totgeschwiegen
(thriller 2914)

William Krasner
Auf dunklen Straßen
(thriller 2928)
«... ein finsterer, milieusicher erzählter, bitter realistischer Roman, der den litarischen Vergleich auf hoher Ebene ohne weiteres standhält.» Heinrich Vormweg im Westdeutschen Rundfunk

Blackout
(thriller 2936)

Tod eines Bohemien
(thriller 2938)
Am Tatort wimmelt es von zwielichtigen Künstlergestalten, gescheiterten Intellektuellen und Möchtegern-Bohemiens. Nur der Mörder ist nicht zu entdecken...

rororo thriller

Jerry Oster
Kältesturz
(thriller 2953)
Winter in New York. Der Schnee hat die Stadt im Griff und nicht nur ein paranoider Killer läuft frei herum...

Jean-Bernard Pouy
Verdammte Ferien!
(thriller 2896)
Mit Fünfzehn ist man heilfroh, wenn man die Schule hinter sich und die Sommerferien vor sich hat. Dieses Gefühl verläßt Marcel recht schnell, als er in ein Zugunglück gerät und eine Tote auf ihm liegt...

Volle Dröhnung
(thriller 2856)

Detlef Wolff
Zwölf Jahre zuviel
(thriller 2912)
Carl-Heinrich Heugen ist kein Mensch mit einwandfreiem Charakter. Aber seine Frau hat der Spezialist für chemische Kampfstoffe wirklich nicht ermordet....

Crime Ladies

«Frauen morden einfach besser.»
Bild am Sonntag

Patricia Highsmith
Venedig kann sehr kalt sein
(thriller 2202)
Peggy, jung, hübsch, verträumt, liegt eines Morgens tot in der Badewanne. Niemand zweifelt, daß sie sich selbst die Schlagader aufgeschnitten hat. Nur für den Vater ist klar: der Ehemann muß schuldig sein... «Unter den Großen der Kriminalliteratur ist Patricia Highsmith die edelste.» Die Zeit

Faye Kellerman
Geh nicht zur Mikwe!
(thriller 2812)

Linda Barnes
Carlotta steigt ein
(thriller 2917)
Eine neue Privatdeketivin gibt es zu bewundern: Carlotta Carlyle, rothaarig, Ex-Cop, Ex-Ehefrau und erster weiblicher Privat Eye in Boston.

Nancy Livingston
Ihr Auftritt, Mr.Pringle!
(thriller 2904)
«Wer treffenden, sarkastischen, teils tief eingeschwärzten Humor und exzentrische Milieus schätzt, kommt mit Privatdetektiv G.D.H.Pringle, einem pensionierten Steuerbeamten, der die Kunst liebt, ganz auf seine Kosten.» Westdeutscher Rundfunk

Helga Riedel
Ausgesetzt
(thriller 2715)
«Spitzenklasse des deutschen Psychothrillers.» Welt der Arbeit

rororo thriller

Barbara Neuhaus
Tatmotiv Angst
(thriller 2824)
«Die DDR-Schriftstellerin erzählt nicht nur einen spannenden Mordfall, sondern entwirft ein lebendiges Bild vom Provinz-Alltag im anderen Deutschland.» Westdeutsche Allgemeine Zeitung

Anne D.LeClaire
Die Ehre der Väter
(thriller 2902)

Irene Rodrian
Schlaf Bübchen, schlaf
(thriller 2935)
«Böse, bedrückend, typisch deutsch.» Schädelspalter Nürnberg

«Es liegt in der Tradition des Kriminalromans, daß Frauen bessere Morde erfinden. Das ist schon seit Agatha Christie so. Aber warum? Diese Frage kann einen wirklich um den Schlaf bringen!» Milena Moser in «Annabelle»

Schwarze Beute

«Wir haben den Wunsch, so gute Autoren zu gewinnen, wie es dem Black Mask-Magazin mit Hammett und Chandler gelang, Aber wir wollen noch mehr.»
Norbert Klugmann und Peter Mathews, Herausgeber der thriller-Magazins **Schwarze Beute**.

Schwarze Beute 1
(thriller 2735)
Mit Geschichten von Friedrich Glauser, Ruth Rendell, Michael Molsner, Janwillem van de Wetering. Georges Simenon, Fritz Mierau, Frank Göhre u.v.m. und ein Interview mit Maj Sjöwall über ihre gemeinsame Arbeit mit Per Wahlöö.
«... dieser Band ist seit Jahren das bestgemachte, witzigste und spannendste Buch zum Thema Kriminalität und Kriminalliteratur.»
Süddeutsche Zeitung

Schwarze Beute 2
(thriller 2802)
Mit einem Drehbuch von Raymond Chandler, einem Insekten-Thriller von Per Wahlöö und einem Comic mit Texten von Dashiell Hammett. Außerdem Beiträge von Richard Hey, Alfred Döblin, Felix Huby, Fred Breinersdorfer, -ky, Irene Rodrian u.v.m.

Schwarze Beute 3
(thriller 2888)
«Das erste Mal, als Raymond Chandler ihn zu Gesicht bekam, lag Thomas Mann wie betrunken in einem Rolls-Royce Silver Wraith draußen vor der Terasse des Adonis.»

rororo thriller

So beginnt Michael Molsners fiktive Ermittlung, «der originellste, freilich auch frechste Beitrag zur Chandler-Hommage.» Neue Zürcher Zeitung
Außerdem Texte von Colin Dexter, Gertrude Stein, Jean Vautrin, Sjöwall/Wahlöö u.v.m.

Schwarze Beute 4
(thriller 2933)
Neues von und über Dashiell Hammett, Ed McBain, -ky, Hansjörg Martin, Frank Arbau, Pinkerton, Malefizschenk und andere Fälle, Täter und Autoren.

Schwarze Beute 5
(thriller 2969)
Frischer Wind im Sowjet-Krimi, heiße Stories aus Afrika, Arizona und Amsterdam. Geschichten von Jean Genet, Doris Gercke, Christine Grän, Detlef Blettenberg, Tony Hillermann u.v.m.